台灣書房

台灣書房

唐詩趣談

陳正平 著

五南圖書出版公司 印行

序　言

　　大唐盛世，光焰萬丈，精神文明的高度發展，一直影響著後代。唐代前後共二百九十年（西元618～907年）是繼漢代後，在中國歷史上又一個強盛的時代，不但南北統一，國土疆域廣袤，而且政治、經濟、貿易、社會繁榮發達，多民族族群融合，中外文化交流頻繁密切，文學方面也有了輝煌璀璨的成就。

　　在此文學的大環境中，詩歌創作尤其得到空前的發展，光華四射備受矚目，達到了古典詩歌光輝的頂峰。上至帝王將相、王公貴族；下至平民百姓、販夫走卒，幾乎人人能詩，詩歌寫作成為唐人生活中的一部分，欲瞭解唐人的生活、思想、情感、社會風貌，不讀唐詩就無法開啟進入唐人豐富多彩生活世界的大門。這是一個群星滿天、百花齊放的時代，湧現出眾多才華洋溢、成就卓著的詩人，產生了大量光彩奪目、感動人心的作品。在中華民族五千年燦爛文化的寶庫中，唐詩是一顆永遠值得我們驕傲的璀璨明珠。

　　閱讀唐詩是一件美妙的事，不僅可以瞭解唐代的風貌，更可藉此瞭解唐人的思想、情感、行為及生活，以及詩歌帶給我們的感動。筆者這些年來以唐詩為主要的研究對象，以《唐代游藝詩歌研究》為研究主題，進行閱讀、書寫與詮釋的過程中，發現許多有趣的唐詩軼聞、趣事或典故，因此希望能將唐詩中更多元的面向介紹給大家，所收集的唐詩與詩人的生平事蹟或奇聞故事相關，大約有六個方向重點：逸趣的、幽默的、故事的、典故的、奇聞的、奇妙的，以這六個方向作為書寫的架構，藉由唐人的史

傳、筆記小說、文集、詩話等文獻的記載，呈現唐詩人在生活上的奇聞軼事。

除了研究唐詩之外，筆者在大學的通識課程上開有「唐詩欣賞」一門課，在教學上與學生交流互動，更瞭解到通識教育需要深化、多元化、普遍化及生活化，著實的貼近學生的生活、生命、文化與社會命脈連結聯繫在一起，才會引起學生的興趣及注意。

而通識教育的核心精神在於培養學生適當的文化素養、生命智慧、分析思辨能力、表達溝通技巧以及終身學習成長的動力。一個具備理想通識教育人格的學生，將不只擁有人文社會及自然科學的基本知識，更重要的是具有批判的思考，瞭解自我存在的意義，尊重不同生命與文明的價值，對社會、自然、人生乃至於宇宙充滿好奇，並知道如何進行探索。

基於上述多種的因素，讓我有了分享的想法，於是將這幾年來在研究、教學、閱讀唐詩的心得、想法，一種讀詩的快樂與自由，一種發現的樂趣和成就，想和大家分享。所謂的「詩無達詁」、「仁者見仁，智者見智」，當詩歌被創作之後，所有的樂趣、韻味、價值、感受、啟發與意義就完全來自讀者。讀詩是一種美的享受，也是知性與感性的融合，更是靈性的交流與精神文明的昇華。

本書共分為六個篇章，第一篇、逸趣橫生的詩篇，第二篇、幽默風趣的人文情懷，第三篇、精彩故事的款款衷情，第四篇、典故及由來的風韻，第五篇、奇聞妙趣的新鮮事，第六篇、奇妙文字的魅力。每一篇中有若干小章，每一章以一件與唐詩有趣的事項撰寫，在各章之末，加入【詩人小傳】、【深入思考】、【推薦閱讀】、【知識補帖】、【原文語意】等不同項目的單元，以充實、豐富本書之內容，並提供讀者延伸不同的視野。

陶淵明云：「此中有真意，欲辯已忘言」，唐詩人顧非熊

云：「有情天地內，多感是詩人」，詩中有真意、有感情，也有奇聞軼事，增添趣味的興味因子，讓詩歌更加趣味盎然，令人雋永回味，歡迎你一起來品嚐。筆者才疏學淺，猶有疏漏，有待方家，不吝指教。

陳正平　序於凌志軒100年12月10日

目 錄

第一篇

逸趣橫生的詩篇

01　李白豪放的天體行為

　　詩仙李白以瀟灑、浪漫的天才之姿，為盛唐的詩壇塗上了最鮮豔奪目的色彩；又像是一顆璀璨的明珠，綻放動人耀眼的光芒。這位「天生我才必有用，千金散盡還復來。」（〈將進酒〉）的詩人，除了吟詩、喝酒、展現了揮灑豪邁胸襟之外，還有一項特立獨行的舉動，大概是繼承了魏晉名士風流、放浪形骸、瀟脫自在、不拘禮節的行為作風。

　　李白的〈夏日山中〉詩云：

　　懶搖白羽扇，裸體青林中。脫巾挂石壁，露頂洒松風。**1**

　　在李白所寫的〈夏日山中〉一詩，我們看到了李白這樣大膽的行徑，其詩詩題為〈夏日山中〉，可見是在夏日時前往山中避暑所作之詩。盛夏豔陽高照，溽暑難耐，連可以帶來涼風的白羽扇都懶得去搖它，乾脆痛快的來一個脫衣秀，徹底解放自己，詩中寫到「裸體青林中」，脫去了束縛身上的衣服，與山林大自然合而為一，多麼地暢快、瀟脫，接著連頭巾也脫下了，來一個徹底的解放，將頭巾掛在石壁上，讓頭頂接受松風的吹拂，這是多麼地瀟灑、自由、自在。

　　李白這樣怪異的行徑，真令人感到驚奇，但是想想，人本來就是大自然的產物，若山林中無人，大可放膽去作自由自在的事。在西方有許多「天體營」的活動，在海邊、森林裡或是私人聚會，參加的人「一絲不掛」、「袒胸露乳」。大家袒裎相對，回歸自然，算是理念相同的一項活動。人本來就赤裸裸的來到人世間，衣服蔽體，除了禮儀、外觀美貌之外，最大的功能便是禦寒，維持生命，然而，在

---

1. 清聖祖御定，《全唐詩》，（北京：中華書局出版，1996年1月）6冊182卷，頁1856。

酷熱的夏季裡，衣服也成了束縛。

　　所以能像李白一樣走入山林中，瀟灑地脫去衣服、頭巾，享受大自然的森林浴，呼吸新鮮的空氣，吸收天然的芬多精及有益身心健康的負離子，多麼清新暢快，舒暢無比，讓全身的毛細孔與山林的所有氣息相遇、相和，的確也是一種絕妙清涼的享受。李白這種豪放的天體行為，除了說明他不拘禮節、追求自由、瀟脫的行事作風，更呈現了他具有及時行樂、懂得放鬆、調適自我的閒適逸情，這真是與眾不同的李白。

詩人小傳

　　李白（701～762），字太白，隴西成紀人，涼武昭王暠九世孫，或曰山東人，或曰蜀人。李白年少有逸才，志氣宏放，飄然有超世之心。初隱居在岷山，益州長史蘇頲見了之後大感驚異說：「是子天才英特，可比相如。」天寶初年時，李白到長安，往見賀知章，知章讀了他的文章，歎曰：「子謫仙人也。」於是告訴唐明皇，在金鑾殿召見他，奏頌一篇，皇帝賜食，親自為他調羹，有詔擔任翰林學士，李白還與人在市集裡喝酒。唐明皇坐沉香亭子，意有所感，想要李白寫作詩歌。召入，那時李白已經喝醉了，請左右的人以水敷面，稍稍解酒意，拿起筆一下就寫好了，詩歌寫得婉麗精切。皇帝愛其才，數次宴見，白常侍帝，喝醉酒時，使高力士脫靴，高力士為當時權貴，感到羞恥，摘取他的詩句以激怒楊貴妃，皇帝本來

想給李白官職，楊貴妃便阻止了這件事，李白自知不為親近所容，懇求辭官還山，帝賜金放還，於是浪跡江湖，終日沈飲。永王李璘都督江陵，找來李白作為幕僚，李璘謀亂，兵敗，李白坐罪而被流放夜郎，後來遇到大赦得以還回。族人李陽冰為當塗令，李白前往依靠他。唐代宗立，以左拾遺召，而李白已卒。唐文宗時，詔以李白歌詩、裴旻劍舞，張旭草書為當時的「三絕」。集三十卷，今編詩二十五卷。
　　　　　　　　（據《全唐詩》作者小傳）

深入思考

　　一、你曾經裸體過或是裸睡嗎？那是什麼樣的感覺？

　　二、不凡的人通常也會有不同的想法，你對詩仙李白這樣的行為有何看法？

　　三、人類在原始社會中被稱之為「裸蟲」，試想人類與動物不同之處？

　　四、現代人有所謂「天體營」的行為，請提出你的看法？

推薦閱讀

《開元天寶遺事》卷下〈粲花之論〉：

李白有天才俊逸之譽，每與人談論，皆成句讀，如春葩麗藻，粲於齒牙之下，時人號曰：「李白粲花之論」。[2]

知識補帖

《開元天寶遺事》卷下〈醉聖〉：

李白嗜酒不拘小節，然沈酣中所撰文章，未嘗錯誤，而與不醉之人相對議事，皆不出太白所見，時人號稱為「醉聖」。[3]

2. 五代・王仁裕撰，《開元天寶遺事》，收錄於《唐五代筆記小說大觀》，（上海：古籍出版社，2000年3月）頁1741。

3. 五代・王仁裕撰，《開元天寶遺事》，收錄於《唐五代筆記小說大觀》，（上海：古籍出版社，2000年3月）頁1741～1742。

02　十歲神童劉晏得寵

　　人的聰明才智各不一，歷史上不乏絕頂聰明的神童、天才，例如甘羅，年紀輕輕便被封為上卿，表現令人刮目相看，不得不教人佩服。電視新聞媒體也時常報導：十三歲上大學的資優生；或者十八歲便得到博士學位的驚人學習成果，教人讚嘆不可思議。具有與眾不同的聰明才智，是天才嗎？還是環境？或許是每一個人與生所具不同的特質本能，加上潛能的激發所致。

　　在唐代也有一位十歲的神童劉晏，不僅文思敏捷，而且聰穎過人，十歲便被延攬入宮擔任「秘書正字」的職位，真是年少得志，他具有過人的才華，所以呈現出趾高氣昂的氣勢，據《明皇雜錄》卷上載：

　　玄宗御勤政樓，大張樂，羅列百妓。時教坊有王大娘者，善戴百尺竿，竿上施木山，狀瀛洲、方丈，令小兒持降節出入于其間，歌舞不輟。時劉晏以神童為秘書正字，年十歲形狀獰劣，而聰悟過人，玄宗召于樓上簾下，貴妃置於膝上，為施粉黛，與之巾櫛。玄宗問晏曰：「卿為正字，正得幾字？」晏曰：「天下字皆正，唯『朋』字未正得。」貴妃復令詠王大娘戴竿。晏應聲曰：「樓前百戲競爭新，唯有長竿妙入神。誰得綺羅翻有力，猶自嫌輕更著人。」玄宗與貴妃及諸嬪御歡笑移時，聲聞于外，因命牙笏及黃文袍以賜之。**4**

　　此載記錄了這位神童的事蹟，「劉晏以神童為秘書正字，年十歲形狀獰劣，而聰悟過人」，劉晏十歲時被視為神童，擔任官職便流露出不凡的氣勢。這一則記載了唐代戴竿游藝表演的實況。這位王大娘，善長戴百尺竿，竿上施放木山，形狀像

4. 唐・鄭處誨撰，《明皇雜錄》，收錄於《唐五代筆記小說大觀》，（上海：古籍出版社，2000年3月）頁956～957。

似瀛洲、方丈，讓小兒持降節，在長竿上上上下下、出入其間，還載歌載舞不停。這一場精彩超絕的表演，激發了坐在楊貴妃膝上的十歲神童劉晏的靈感，觀看表演後即席作〈詠王大娘戴竿〉一詩。

劉晏的〈詠王大娘戴竿〉詩云：

樓前百戲競爭新，唯有長竿妙入神。誰得綺羅翻有力，猶自嫌輕更著人。[5]

十歲神童劉晏寫下這首詩，的確才思敏捷，掌握住了長竿這項游藝活動的表演實況。據《全唐詩》引《太平御覽》云：

明皇御勤政樓，大張樂，羅列百技。時教坊有王大娘者，戴百尺竿，竿上施木山，狀瀛洲方丈，令小兒持絳節出入于其間，歌舞不輟。時晏以神童為祕書正字，方十歲，帝召之，貴妃置之膝上，為施粉黛，與之巾櫛，令詠王大娘戴竿。晏應聲而作，因命牙笏及黃紋袍賜之。[6]

可見這位神童臨場即席的寫作能力，以及當時戴竿游藝表演活動的情況，劉晏也因為這首詩歌獲得牙笏及黃紋袍的賞賜。

十歲神童劉晏當場即席所詠的〈詠王大娘戴竿〉此詩，描述了樓前百戲的演出花樣眾多，推陳出新，但是最引人入勝、神奇曼妙的是長竿表演，表演者穿上鮮豔的綺羅服飾在高高的竿上翻轉有力、姿態優美、輕盈美妙，使此詩成為詠戴竿詩的名篇。

十歲神童劉晏的文思與反應能力，的確令人刮目相看。如今天才神童在社會中時有所見，美國十三歲兒童取得碩士文憑，繼續攻讀博士學位，又可跨越不同領域，學習成效驚人，讓我們這些凡夫俗子驚覺不可思議、讚嘆連連。

但是天才神童最後的成就，真能在某個領域出類拔萃或造極登峰，則又是一個

5. 清聖祖御定，《全唐詩》，（北京：中華書局出版，1996年1月）4冊120卷，頁1207。
6. 清聖祖御定，《全唐詩》，（北京：中華書局出版，1996年1月）4冊120卷，頁1207。

未知數，有待未來進一步觀察與追蹤研究。李白〈將進酒〉詩云：「天生我才必有用」，其實也提供我們一個方向，俗語言：「天不生無用之人，地不長無根之草。」人生在世不論是大才還是小才，每一個人都有揮灑的空間，人皆不同，也擁有不同的聰明才智，但求將自我的優點、才華，盡情展現發揮，即可問心無愧。

詩人小傳

　　劉晏，字士安，曹州南華人。年僅七歲時被視為神童，累官至殿中侍御史，後來擔任度支郎中、杭隴華三州刺史、河南尹等官職，後來返朝廷擔任京兆尹一職，再拜戶部侍郎，舉顏真卿以自代。寶應二年，擔任吏部尚書平章事，領度支鹽鐵轉運租庸使。坐事罷相，諸使如故。晏以轉運為己任，開三門渠津遺跡，歲運米數百萬石，以濟關中。劉晏理家勤儉樸約，重視交友及敦睦故舊，視事敏速，乘機而為不拖泥帶水。在職十餘年，權勢之重，僅次於宰相，後為楊炎誣構而死。詩二首。
（據《全唐詩》作者小傳）

深入思考

　　一、常言道：「天才是百分之九十九的努力加上百分之一的天分」請問你相信
　　　　「天才」的存在嗎？可否舉日常生活或周遭的人物為例說明之。
　　二、具有與眾不同的聰明才智，是天才嗎？還是環境？你覺得是什麼樣的因素
　　　　與所謂的神童、天才有關？

推薦閱讀

　　電影「心靈捕手」、音樂神童莫札特電影「阿瑪迪斯」。

原文語意

　　唐玄宗御勤政樓，大張音樂表演，羅列各式各樣的妓女。當時教坊有位王大娘，善長戴竿表演竿長可達百尺，在竹竿上施放一座木山，形狀像是瀛洲及方丈，命令表演的小兒手中拿著降節在其間出出入入，還不斷地表演歌舞，相當驚險精彩。當時劉晏以神童的稱號擔任「秘書正字」的職務，年紀僅十歲但是面目兇惡行徑惡劣，然而聰明領悟過人，唐玄宗召喚他於樓上簾下，楊貴妃抱著他置於膝上，並且為他化妝施粉黛，還給予他一個圍巾。唐玄宗問劉晏說：「你擔任秘書正字，

正得幾字？」劉晏回答說：「天下的字都正，唯有『朋』字未正得。」楊貴妃復命令他吟詠王大娘表演戴竿的游藝活動。劉晏應聲做了一首詩回答說：「樓前的百戲表演競爭推陳出新，只有長竿游藝表演奇妙入神。誰能得到綺羅翻轉有力道，還自己嫌不夠輕盈可以表演更精彩。」唐玄宗與楊貴妃及諸多的嬪女大家歡笑不斷，劉晏神童的名聲因此更加流傳，因為此事皇上命令賞賜牙笏及黃文袍給劉晏。

03　朱慶餘投詩而成名

　　唐代有所謂的「溫卷」風氣，即是將自己的作品投遞給當時知名的官員，請求代為鑑賞或批評指教，無疑是希望自己的作品能受到賞識，進一步被提拔，像賀知章賞識李白，稱李白為「天上謫仙人」；顧況賞識白居易，皆是藉由賞識作品，讓詩人一舉成名。

　　當然，要被賞識受到肯定，除了天時、地利、人和之外，最重要的是自己的作品，需具備相當的水準，才能讓人慧眼識英雄，獲得青睞。朱慶餘有名的詩〈閨意〉一篇，也是因投詩而一舉成名的，詩曰：

洞房昨夜停紅燭，待曉堂前拜舅姑。妝罷低聲問夫婿，畫眉深淺入時無。[7]

　　此詩若直接從詩意上來看，是一首標準的閨意之詩，描寫了新婚夫婦之間透過畫眉、問答展現細膩的情誼。「妝罷低聲問夫婿，畫眉深淺入時無」更顯得新婚女子的羞怯、害羞與含蓄。但是這首詩的背後，卻是別有文章用意，據《雲溪友議》卷下載〈閨婦歌〉：

朱慶餘校書，既遇水部郎中張籍知音，遍索慶餘新制篇什數通，吟改後只留二十六章，水部置于懷抱，而推贊焉。清列以張公重名，無不繕

7. 清聖祖御定，《全唐詩》，（北京：中華書局出版，1996年1月）15冊515卷，頁5892。

錄而諷詠之，遂登科第。朱君尚為謙退，作〈閨意〉一篇，以獻張公。張公明其進
退，尋亦和焉。詩曰：「洞房昨夜停紅燭，待曉堂前拜舅姑。妝罷低聲問夫婿，畫
眉深淺入時無。」張籍郎中酬曰：「越女新妝出鏡心，自知明艷更沉吟。齊紈未足
人間貴，一曲菱歌敵萬金。」朱公才學，因張公一詩，名流于海內矣。**8**

由此載可知朱慶餘遇上了張籍，兩人因詩而成為知音好友，張籍一直也相當喜
歡朱慶餘的作品，朱慶餘為了表現自己的謙退，作了此詩以獻，朱慶餘的詩〈閨
意〉一篇，《全唐詩》收錄作〈近試上張籍水部閨意〉。

從詩題〈近試上張籍水部閨意〉，約可看見一些端倪，朱慶餘所運用的是「託
喻」的寫法，以示所獻新制的詩篇，請其指教是否合乎應試時文的標準。張籍也以
同樣的筆法酬以一詩曰：

越女新妝出鏡心，自知明艷更沉吟。齊紈未足人間貴，一曲菱歌敵萬金。**9**

表面上的詩意：這位新妝的越女、玉潔冰心、明艷動人卻又沉吟收斂，齊紈的
裝扮未足展現在人間的珍貴，櫻桃般的紅唇一開高歌一曲，飄揚在風中的菱歌如黃
鶯出谷般的美妙聲音，可以抵上萬兩的黃金，容貌美麗動人、聲音婉轉優美，真是
才藝雙全。詩意的背後暗示相當激賞所獻新制之意，最後朱慶餘登科第，此詩因而
傳誦一時。

綜觀這兩位詩人所寫的詩，一問一答，所採用的筆法及技巧，比喻高妙、清新
自然脫俗、讓人一新耳目，真是相輔相成，有朱慶餘之才加上張籍的臨門一詩，讓
兩人的詩皆名流海內外，傳誦不已。

---

8. 唐・范攄撰，《雲溪友議》卷下〈閨婦歌〉，收錄在《唐五代筆記小說大觀》，（上海：古
籍出版社，2000年3月）頁1320～1321。
9. 清聖祖御定，《全唐詩》，（北京：中華書局出版，1996年1月）12冊386卷，頁4362。

詩人小傳

　　朱慶餘，名可久，以字行。越州人，受到當時張籍的賞識，登上寶曆年間的進士第。詩二卷。（據《全唐詩》作者小傳）

　　張籍，字文昌，蘇州吳人，或曰和州烏江人，貞元十五年登進士第，授太常藝太祝，過了不久之後，擔任祕書郎，韓愈推薦他擔任國子博士，歷任水部員外郎、主客郎中，當時有名之士都與他交游，而韓愈也更加器重他，張籍為詩擅於樂府，多有警句，為官最終是擔任國子司業一職，詩集有七卷，今編為五卷。（據《全唐詩》作者小傳）

深入思考

　　一、唐代的「溫卷」風氣，具有什麼意義？

　　二、詩歌運用問答的方式呈現，就你所知還有哪些？

　　三、詩歌寫作技巧上常有所謂的「隱喻」或「託喻」，這樣具有什麼效用？

推薦閱讀

畫眉之樂樂無窮

請參考：張敞畫眉http://big5.huaxia.com/hxjk/zhyx/zywh/2008/10/1191643.html

原文語意

　　朱慶餘擔任校書的職務，遇到水部郎中張籍兩人成為知音好友，到處收集朱慶餘新創作的詩歌數十篇，吟唱修改後只留二十六章，張籍非常喜愛，常置於懷抱之中，而十分的推讚他。因為張籍在當時享有名聲，對於他的作品無不繕錄而諷詠之，最後終於登科及第。朱慶餘當時十分地謙虛退讓，作了〈閨意〉一篇，獻給張籍。張籍明白他知所進退，不久也寫了一首詩唱和。詩寫到：「洞房花燭昨夜停歇了紅燭，等待清曉時在堂前拜見公公婆婆。梳妝打扮後低聲地問夫婿，我畫眉的

深淺樣式是否合宜適當。」而張籍郎中也回應了一首詩，寫到：「越女新梳妝打扮出鏡心，自知明艷動人更要收斂沉吟。齊國的絲絀未必是人間中最貴的，這位少女清唱一曲優美的菱歌勝過萬金。」朱慶餘的才學，因張籍的一首詩，名聲傳遍了海內外。

關於「溫卷」

請參考：傅錫壬、黃錦鋐、左松超、邱燮友、金榮華、王忠林、應裕康、皮述民編著，增
訂《中國文學史初稿》（台北：福記文化圖書有限公司，1978年10），頁573～
577。

04　夢筆生花的李白

　　中國歷史上的名人或偉人，總是與眾不同，不論是出生、事蹟、傳說或故事，都會令人們津津樂道，歷來傳頌不已。如李白母親在李白出生前，夢見長庚星（太白金星）劃過天際；岳飛的母親夢見大鵬鳥，高舉遨遊天空；江淹夢見仙人賜筆，讓他文思泉湧、文彩飛揚……等等故事，當然傳說的成分濃厚，卻增添了耐人尋味的韻味風采。

　　偉大的詩人一生愛好喝酒，喝酒與詩歌彷彿是他生活裡的重心，喝醉酒了反而寫出更優美動人的詩歌。如著名的詩篇〈將進酒〉中：「天生我才必有用，千金散盡還復來。」，〈山中與幽人獨酌〉：「我醉欲眠卿且去，明朝有意抱琴來。」，〈月下獨酌〉：「花間一壺酒，獨酌無相親。舉杯邀明月，對影成三人。」以及〈清平調〉三首詩等，都是在酒醉中寫成的佳篇。李白除了「詩仙」這個眾人所知的封號之外，在當時還被稱為「醉聖」。據《開元天寶遺事》卷下〈醉聖〉條：

　　李白嗜酒，不拘小節，然沈酣中所撰文章，未嘗錯誤，而與不醉之人相對議事，皆不出太白所見，時人號為「醉聖」。[10]

　　由此載可知李白生性嗜酒，為人瀟灑不拘小節。然而在酒醉中所撰寫的文章，沒有任何的錯誤，與清醒的人相互議論事情，這些清醒的人不論見解或議論，都還輸給這位喝醉酒的大詩人，令人甘拜下風，所以贏得了「醉聖」這一雅名。還有一件事蹟，雖是夢境也增添了許多想像的空間。據《開元天寶遺事》卷下〈夢筆頭生花〉條載：

10.五代‧王仁裕撰，《開元天寶遺事》，收錄於《唐五代筆記小說大觀》，（上海：古籍出版社，2000年3月）頁1741～1742。

李太白少時，夢所用之筆頭上生花，後天才贍逸，名聞天下。[11]

　　由此載可知少年李白的一場夢境，夢中他所用揮毫的筆，竟然生出了花朵，不知這些花是何種？花又是何種顏色？「夢筆生花」之後，他的文章、詩歌篇篇精彩絕倫，首首絕妙天成，正如杜甫讚揚他的詩歌「筆落驚風雨，詩成泣鬼神」，後來以此才華洋溢，名聞天下。

　　這樣的故事最適合配上的，也正是像李白這樣灑脫、瀟灑、豪放的偉大詩人，當文思泉湧而來，筆下如春至小園，萬紫千紅，花似錦般美妙的文章、詩歌，如天籟般的妙音，騰飛而來如黃河之水天上來的灌注，滔滔不絕「疑似銀河落九天」的飛灑，精彩了人世間，豐富了人們的心靈，感動了我們世世代代。

　　「夢筆生花」的故事，用在偉大詩仙李白的身上，正是最適當不過的，也為美麗動人的傳說多一些耐人尋味的想像空間。

11. 五代・王仁裕撰，《開元天寶遺事》，收錄於《唐五代筆記小說大觀》，（上海：古籍出版社，2000年3月）頁1730。

詩人小傳

李白，見第一篇01詩人小傳。

深入思考

一、有人說「傳說比歷史更真實」請問所代表的是什麼意思？

二、為什麼知名的人物都會有一些傳說或故事？

三、「夢筆生花」一詞已經成為成語，請問它現在所代表的意思為何？

推薦閱讀

《開元天寶遺事》卷下〈美人呵筆〉：

　　李白於便殿對明皇撰詔誥，時十月大寒，筆凍莫能書字，帝敕宮嬪十人，侍於李白左右，另各執牙筆呵之，遂取而書其詔。其受聖眷如此。**12**

知識補帖

「妙筆生花」與「江郎才盡」

請參考：http://www.epochtimes.com/b5/7/4/23/n1687389.htm

12.五代・王仁裕撰，《開元天寶遺事》，收錄於《唐五代筆記小說大觀》，（上海：古籍出版社，2000年3月）頁1744。

05　唐婦女黃臉婆是美

　　一個時代有一個時代的風氣時尚和流行，今天流行的東西，明天可能就是落伍了，以前覺得美的東西或事物，不久之後審美觀起了變化，也就變醜了。所以事物是美是醜的衡量標準，也就隨時代風氣及審美觀而改變了。

　　今天我們戲稱守住家庭的婦女為「黃臉婆」，意謂著每日生活與柴、米、油、鹽、醬、醋、茶為伍，不施胭粉，不梳妝也不打扮，被生活瑣事忙得團團轉，而成為「黃臉婆」。然而若時光倒轉一千三百多年，回到唐代「黃臉婆」，可是當時婦女中所盛行的裝扮。

　　「黃臉」其實就是臉上塗上黃色的化妝品，在當時稱「額黃」、「鴉黃」、「鵝黃」、「鴨黃」，又稱「黃子」，即是塗黃粉於額頭上。原先是六朝婦女的習尚，著名的〈木蘭辭〉中有「當窗理雲鬢，對鏡貼花黃」[13]，貼花黃是當時女子臉上的裝扮之一。傳至唐時蔚為風尚，一時之間流行在婦女當中，甚至在結婚的新娘妝上，也是重要的化妝方式。李商隱〈蝶三首〉詩中：「壽陽公主嫁時妝，八字宮眉捧額黃。」溫庭筠、皮日休等人詩作中也多提到「額黃」，如「滿額蛾黃金縷衣」，光彩奪目，可見是相當美麗的裝扮。

　　李商隱詩中所提到：「壽陽公主嫁時妝，八字宮眉捧額黃。」詩題作〈蝶〉三首之三，原詩如下：

　　壽陽公主嫁時妝，八字宮眉捧額黃。見我佯羞頻照影，不知身屬冶遊郎。[14]

　　壽陽公主是南朝宋國公主，創作了八字宮眉和額黃這一種「險妝」。從詩意來

13. 逯欽立輯校，《先秦漢魏晉南北朝詩》，（台北：木鐸出版社，1988年7月）頁2161。
14. 清聖祖御定，《全唐詩》，（北京：中華書局出版，1996年1月）16冊539卷，頁6165。

看還是一種嫁時妝，臉上所畫的是八字宮眉襯托著額黃。

另外，溫庭筠的〈偶遊〉一詩：

曲巷斜臨一水間，小門終日不開關。紅珠斗帳櫻桃熟，金尾屏風孔雀閒。
雲鬟幾迷芳草蝶，額黃無限夕陽山。與君便是鴛鴦侶，休向人間覓往還。**15**

其中也寫到了「雲鬟幾迷芳草蝶，額黃無限夕陽山。」女子額黃的裝扮，再如，皮日休的〈木蘭後池三詠〉白蓮一詩中寫到：

但恐醍醐難並潔，祗應蒼蔔可齊香。半垂金粉知何似，靜婉臨溪照額黃。**16**

詩中寫到女子的裝扮「半垂金粉知何似，靜婉臨溪照額黃」，施粉裝扮之後像什麼模樣，嫻靜典雅的臨溪照照臉上的美麗的額黃。再如，牛嶠的〈女冠子〉（四首）之二，詞中寫到：

錦江煙水，卓女燒春濃美。小檀霞，繡帶芙蓉帳。金釵芍藥花。　額黃侵膩髮，臂釧透紅紗。柳暗鶯啼處，認郎家。**17**

牛嶠的〈女冠子〉這首詞中寫到：「額黃侵膩髮，臂釧透紅紗。」細膩地描寫出女子臉上額黃的裝扮及油膏抹髮的模樣。「額黃」還有另一種稱呼，被稱作「黃子」，最後我們來看一下李商隱的〈宮中曲〉詩中的描寫：

雲母濾宮月，夜夜白於水。賺得羊車來，低扇遮黃子。
水精不覺冷，自刻鴛鴦翅。蠶縷茜香濃，正朝纏左臂。

15.清聖祖御定，《全唐詩》，（北京：中華書局出版，1996年1月）17冊578卷，頁6723。
16.清聖祖御定，《全唐詩》，（北京：中華書局出版，1996年1月）18冊615卷，頁7096。
17.清聖祖御定，《全唐詩》，（北京：中華書局出版，1996年1月）25冊892卷，頁10080。

巴牋兩三幅，滿寫承恩字。欲得識青天，昨夜蒼龍是。**18**

　　詩中寫到「賺得羊車來，低扇遮黃子。」宮中女子以扇子來遮蓋住黃子的裝扮，是由於羞怯、含蓄的緣故。

　　然而，還是有一些女子在思想開放的唐代，特別是江南沿海一帶市民及下層勞動人民，她們還能享受較多的婚前自由，可以拋開禮教的束縛，追尋自己的愛情。如施肩吾的〈少女詞〉二首：

嬌羞不肯點新黃**19**，踏過金鈿**20**出繡床。信物無端寄誰去，等閒裁破錦鴛鴦。
同心帶裏脫金錢，買取頭花翠羽連。手執木蘭猶未慣，今朝初上采菱船。**21**

　　詩中提到「嬌羞不肯點新黃，踏過金鈿出繡床」，這位浙江少女，不願效法世俗少女點黃邀寵的嬌羞心理，她決定憑藉自身那雙初涉人世的雙手，去撥動情愛的雙槳，在幽揚的菱歌聲裡去找尋自己意中人的大膽舉動。

　　所以，從這些諸多的詩、詞例證，「額黃」或「黃子」的這種裝扮，是唐代女子的時尚裝扮。這些「黃臉婆」各有巧妙，各有不同的姿態，他們引領那個時代的風騷，在時代風潮下展現她們曼妙的千種風情。

18.清聖祖御定，《全唐詩》，（北京：中華書局出版，1996年1月）16冊540卷，頁6217。
19.點新黃：少女初次在額頭上點黃妝扮自己。
20.金鈿：用金翠、珠寶等製成花朵形狀的高級首飾。
21.清聖祖御定，《全唐詩》，（北京：中華書局出版，1996年1月）15冊494卷，頁5608。

詩人小傳

　　李商隱，字義山，號玉谿生、樊南生，懷州河內人（今河南沁陽市）。晚唐著名詩人，有「七律聖手」之稱。擅長駢文寫作，他的詩作文學價值很高，與杜牧合稱「小李杜」，與溫庭筠合稱「溫李」，與同時期的段成式、溫庭筠風格相近，且在家族裡的排行都為十六，故並稱為「三十六體」。在《唐詩三百首》的作品中，李商隱的詩作有二十二首被收錄，位列第四，可見其詩的重要性。其詩構思新奇、風格穠麗、典雅精細，尤其是一些愛情詩，寫得纏綿悱惻、扣人心弦、為人傳誦。然而過於晦澀迷離，難於瞭解，以至有「詩家都愛西崑好，只恨無人作鄭箋」之憾。因處於牛李黨爭的夾縫之中，一生鬱鬱寡歡不得志，死後葬於家鄉滎陽，有樊南甲集二十卷、乙集二十卷，玉溪生詩三卷，今合編詩三卷。（據《全唐詩》作者小傳）

　　溫庭筠，本名岐，字飛卿，太原人，宰相彥博裔孫。年少聰明領悟力強，才思豔麗，韻格清拔，精專為詞章小賦，與李商隱皆有名，稱「溫李」。然而行為較不檢點，好幾次進士都考不上。思想神速，每次參加考試，押官方所規定的韻部寫作賦文，凡八叉手而成，時號「溫八叉」。徐商鎮襄陽時，曾經擔任巡官，不得志後離開，歸隱江東，後徐商擔任政事，頗重用他，後來徐商罷相，楊收討厭他，被貶為方城尉，後來再遷至隋縣擔任縣尉而卒。集二十八卷，今編詩為九卷。（據《全唐詩》作者小傳）

　　皮日休，字襲美，一字逸少，襄陽人。性格傲誕，隱居在鹿門，自號「間氣布衣」。咸通八年，考上進士。崔璞守蘇州，擔任軍事判官，進入朝廷，擔任太常博士一職。黃巢之亂攻陷長安，偽裝署學士，使為讖文，被懷疑是譏笑自己，於是遭到禍害。集二十八卷，今編詩九卷。（據《全唐詩》作者小傳）

　　牛嶠，字松卿，一字延峰，隴西人。自云：「僧孺之孫」，乾符五年，考上進士，擔任過尚書郎。王建鎮蜀時，擔任判官，到了退位時，擔任給事中。有歌詩三卷，今存六首。（據《全唐詩》作者小傳）

　　施肩吾，字希聖，洪州人，元和十年考上進士。隱居洪州的西山，寫作詩歌綺麗。有西山集十卷，今編詩一卷。（據《全唐詩》作者小傳）

深入思考

一、「黃臉婆」一詞在今日社會中的意義為何？

二、一個時代有一個時代風尚，當時這種「額黃」、「黃子」的裝扮你個人的感覺為何？

三、現代的化妝美容最重要注意的事項有哪些？

四、施肩吾的〈少女詞〉二首中少女的形象與前面幾首詩詞有何不同？請問你較喜歡哪一種少女的形象？

推薦閱讀

盧照鄰〈長安古意〉：

長安大道連狹斜，青牛白馬七香車。玉輦縱橫過主第，金鞭絡繹向侯家。
龍銜寶蓋承朝日，鳳吐流蘇帶晚霞。百丈游絲爭繞樹，一群嬌鳥共啼花。
啼花戲蝶千門側，碧樹銀台萬種色。複道交窗作合歡，雙闕連甍垂鳳翼。
梁家畫閣天中起，漢帝金莖雲外直。樓前相望不相知，陌上相逢詎相識。
借問吹簫向紫煙，曾經學舞度芳年。得成比目何辭死，願作鴛鴦不羨仙。
比目鴛鴦真可羨，雙去雙來君不見。生憎帳額繡孤鸞，好取門簾帖雙燕。
雙燕雙飛繞畫梁，羅幃翠被鬱金香。片片行雲著蟬鬢，纖纖初月上鴉黃。
鴉黃粉白車中出，含嬌含態情非一。妖童寶馬鐵連錢，娼婦盤龍金屈膝。
御史府中烏夜啼，廷尉門前雀欲棲。隱隱朱城臨玉道，遙遙翠幰沒金堤。
挾彈飛鷹杜陵北，探丸借客渭橋西。俱邀俠客芙蓉劍，共宿娼家桃李蹊。
娼家日暮紫羅裙，清歌一轉口氛氳。北堂夜夜人如月，南陌朝朝騎似雲。
南陌北堂連北里，五劇三條控三市。弱柳青槐拂地垂，佳氣紅塵暗天起。
漢代金吾千騎來，翡翠屠蘇鸚鵡杯。羅襦寶帶為君解，燕歌趙舞為君開。
別有豪華稱將相，轉日回天不相讓。意氣由來排灌夫，專權判不容蕭相。
專權意氣本豪雄，青虬紫燕坐生風。自言歌舞長千載，自謂驕奢凌五公。

節物風光不相待，桑田碧海須臾改。昔時金階白玉堂，即今唯見青松在。
寂寂寥寥楊子居，年年歲歲一床書。獨有南山桂花發，飛來飛去襲人裾。[22]

　　花黃

請參考：http://tw.myblog.yahoo.com/jw!6VqNUlSLHU5tCvi0sqJH/article?mid=454

22.清聖祖御定，《全唐詩》，（北京：中華書局出版，1996年1月）2冊41卷，頁518～519。

06　詩聖杜甫除夕夜聚賭

　　「賭博」這項活動在中國源遠流長，在人們的生活中成為一種民俗文化，千百年來人們知其利弊得失，卻又樂此不疲，這是游藝休閒文化中，最引人爭議，卻也在人性中斷絕不了的一種性格，所謂的「好賭成性」、「賭性堅強」，都說明賭博這項活動，所具有致命的吸引力。

　　既然是人性的本能，偉大的詩人也受不了這迷人的誘惑，詩聖杜甫免不了在大環境中，也要與世俗融合，在他的〈今夕行〉一詩云：

　　今夕何夕歲云徂，更長燭明不可孤。咸陽客舍一事無，相與博塞為歡娛。馮陵大叫呼五白，袒跣不肯成梟盧。英雄有時亦如此，邂逅豈即非良圖？君莫笑，劉毅從來布衣願，家無儋石輸百萬。**23**

　　杜甫的〈今夕行〉一詩描寫在除夕夜博塞遊戲及賭博的情況。博塞遊戲及賭博的魅力迷人，連偉大的詩聖杜甫，在除夕夜無事的晚上，居咸陽的客舍裡，也要與客人「相與博塞為歡娛」一番，盡情歡樂，感受刺激的博塞遊戲及賭博遊戲。甚至還說：「英雄有時亦如此，邂逅豈即非良圖？」可見博塞遊戲具有強大吸引人的魅力。仇兆鰲云：「此詩見少年豪放之意。除夕博戲，呼白而不成梟，因作自解之詞。末引劉毅輸錢，以見英雄得失，不係乎此也。」**24**可見「格五」、「塞戲」這種賭博遊戲具有強大吸引人的魅力。

　　博塞戲的弊端相當多，令人沉迷、廢寢忘食，對社會善良風氣危害不小。三國時期韋昭有〈博弈論〉一文來勸誡時人。其文中云：

23.唐・杜甫著，清・仇兆鰲注，《杜詩詳注》（台北：里仁書局，1980年7月）頁59。
24.唐・杜甫著，清・仇兆鰲注，《杜詩詳注》（台北：里仁書局，1980年7月）頁59。

今世之人，多不務經術，好翫博弈，廢事棄業，忘寢與食，窮日逮明，繼之脂燭，當其臨局交爭，雌雄未決，專精銳意，神迷體倦，人事曠而不修，賓旅闕而不接，雖有太牢之饌，韶夏之樂，不暇存也。**25**

作者有鑑於當時博弈之風盛行，故闡述博弈之流弊。然而人性的弱點、貪婪與沉迷，繼續在血液、生命裡流傳，一代接著一代，似乎難以斷絕。唐人當然也承繼了人性中的賭性，使得博塞遊戲在唐人生活中，成為重要的游藝活動。據唐·李肇《國史補》卷下載：

長安風俗，自貞元（德宗年號）侈于游宴，其後或侈于書法圖畫，或侈于博弈，或侈于卜祝，或侈于服食，各有所蔽也。**26**

上文說明唐代的長安，是時尚流行的大本營，舉凡游宴、書法、圖畫、卜祝、服食或侈於博弈，都是當時的流行風氣。再如李白的〈少年行〉一詩：

君不見，淮南少年遊俠客，白日毬獵夜擁擲。呼盧百萬終不惜，報讎千里如咫尺。少年游俠好經過，渾身裝束皆綺羅。蘭蕙相隨喧妓女，風光去處滿笙歌。**27**

此詩描寫淮南少年遊俠生活的實際情況：「白日毬獵夜擁擲，呼盧百萬終不惜。」白天打球射獵，到了晚上呼盧喝雉，賭起錢來千金百萬一點也不在乎，實為描寫貴族公子遊俠們生活行徑的最佳寫照。

大詩人李白本人也是好賭之徒，其〈行路難〉一詩述說他在長安不得意時：

25. 三國·韋昭〈博弈論〉，選自梁·蕭統編撰，《昭明文選》，（台北：文化圖書公司，1973年1月）頁725。

26. 唐·李肇撰，《國史補》卷下，收錄在《唐五代筆記小說大觀》，（上海：古籍出版社，2000年3月）頁197。

27. 唐·李白著，瞿蛻園等校注，《李白集校注》，（台北：里仁出版社，1981年3月）頁458。

「大道如青天，我獨不得出，羞逐長安社中兒，赤雞白狗賭梨粟。」[28]與長安的少年們玩起賭博的遊戲，至於梨、粟都成為賭資了，可見無物不賭，人性裡的賭性一直在作祟。

幾千年來「賭博」這項活動依舊源遠流長，時至今日深入民間各地，甚至在有些國家已經是合法的娛樂休閒活動，台灣近幾年也在這股風氣下，不僅設立了相關科系，博弈娛樂事業的合法設立，也已經取得共識，現在爭議的是地點的問題，各縣市為了爭取這項事業所帶來的商機，也已經如火如荼地進行準備，相信不久之後台灣或離島即將會有合法的職業賭場。

時至如今，博彩的內容及形式花樣百出：擲骰子、二十一點、拉霸、柏青哥、梭哈、彩券、運動彩券、大樂透、刮刮樂……等不勝枚舉，乃至於以賭聞名的香港、澳門、美國的拉斯維加斯，遊客及旅客們皆可在此小玩一把，試試自己的手氣和運氣，但是常言道：「十賭九輸」，小玩試試手氣賭賭自己的運氣可以，大玩傷財、傷心、傷腦筋，那就要適可而止、量力而為了。

28.唐‧李白著，瞿蛻園等校注，《李白集校注》，（台北：里仁出版社，1981年3月）頁458。

詩人小傳

　　杜甫，字子美，其祖先是襄陽人。曾祖父依藝為鞏縣令，因居鞏縣。杜甫天寶初應進士，沒考上。後來獻三大禮賦，唐明皇非常驚奇，召試文章，授京兆府兵曹參軍。安祿山攻陷京師，唐肅宗即位靈武，杜甫自賊中逃脫赴任，擔任左拾遺一職。以論救房琯，出為華州司功參軍。後來關輔饑亂，寓居同州同谷縣，身自負薪采梠，生活困頓。不久之後，召補京兆府功曹，道路受阻而不赴。嚴武鎮成都時，奏為參謀、擔任檢校工部員外郎一職。嚴武與杜甫是世舊之交，對待杜甫甚厚，於是在成都浣花里種竹植樹，枕江結廬，縱酒嘯歌在其中。嚴武死之後，杜甫無所依靠，於是到東蜀依靠高適，既到時高適已經死了。這一年，蜀地將帥相攻殺，蜀地大擾。杜甫攜家避亂到荊楚，扁舟下江峽，還未上船而江陵亦亂。於是沿著湘流，遊歷衡山，寓居在耒陽，死時年五十九歲。元和中，歸葬偃師首陽山，元稹為他寫墓誌銘。天寶年間，杜甫與李白齊名，時稱「李杜」。然而元稹說：「李白壯浪縱恣，擺去拘束，誠亦差肩子美矣。至若鋪陳終始，排比聲韻，大或千言，次猶數百，詞氣豪邁，而風調清深，屬對律切，而脫棄凡近，則李尚不能歷其藩翰，況堂奧乎？」白居易也說：「杜詩貫穿古今，盡工盡善，殆過於李。元、白之論如此，蓋其出處勞佚，喜樂悲憤，好賢惡惡，一見之於詩，而又以忠君憂國，傷時念亂為本旨。讀其詩，可以知其世，故當時謂之詩史。」舊集詩文共六十卷，今編詩十九卷。（據《全唐詩》作者小傳）

杜甫

窮愁一生光焰萬丈
風雅獨尊古今泉尚

深入思考

　一、為什麼「賭博」這件事情如此迷人流傳幾千年不曾斷絕，請分析它的利弊得失？

二、你喜歡玩什麼樣與賭博相關的遊戲？那會讓你有什麼感覺？

三、如果賭博在台灣可以合法設置職業賭場，你覺得應該有什麼相關的配套
　　措施？

推薦閱讀

《開元天寶遺事》〈戲擲金錢〉：

內庭嬪妃，每至春時，各于禁中結伴三人至五人，擲金錢為戲，蓋孤悶無所遣
也。**29**

《開元天寶遺事》〈投錢賭寢〉：

明皇未得妃子，宮中嬪妃輩投金錢賭侍帝寢，以親者為勝，召入妃子，遂罷此
戲。**30**

原文語意

現今的世人，多不專務在經典及學術上，卻喜好沉浸在賭博、棋奕的遊樂之
中，荒廢事情拋棄了事業，忘記睡覺和吃飯，甚至整夜不睡，燃燒脂燭，通宵達
旦。當他們面臨博局交爭的時刻，雌雄勝負尚未揭曉，精神專注，一心一意投注在
其中體力耗倦，關於人倫的事荒廢而不修睦，賓客旅店休息而不接待，雖然有像太
牢般豐盛的美食佳餚，有像韶夏一樣美妙的音樂，也形同虛設。

29.五代·王仁裕撰，《開元天寶遺事》，收錄於《唐五代筆記小說大觀》，（上海：古籍出版
　　社，2000年3月）頁1728。
30.五代·王仁裕撰，《開元天寶遺事》，收錄於《唐五代筆記小說大觀》，（上海：古籍出版
　　社，2000年3月）頁1734。

呼盧喝雉

呼盧喝雉，是形容賭博時的呼喊聲，亦指賭博一事。古代用五木製成骰子進行賭博活動，有一面是黑色，上面刻牛犢；有一面是白色，上面刻雉雞。一擲五個骰子若全黑，為最大，稱為「盧」；四黑一白，次之，稱為「雉」。所以「盧」、「雉」皆為骰子擲出時的花色名。賭博時，每一位賭徒都希望自己是贏家，所以骰子一擲時便呼喊出現「盧」，而不要出現「雉」，「呼」字有呼喊、希望之意；而「喝」字是喝止、不要之意，便形成「呼盧喝雉」這樣的情況。

07　長安城居不易

　　偉大的社會寫實詩人白居易，詩歌通俗淺顯易懂，老嫗都解，在當時即以詩歌聞名，具有良好的名聲，受到大家的喜愛。但是這位大詩人也經歷過沒沒無聞的階段，起初至長安時尚未有名聲，也是因為詩歌而成名，有才華的人，是不會被侷限住的。據五代・王定保的《唐摭言》記載這件趣事：

　　白樂天初舉，名未振聲，以詩歌謁顧況。況謔之曰：「長安百物貴，居大不易。」及讀至〈賦得原上草送友人〉詩曰：「野火燒不盡，春風吹又生。」況嘆之曰：「有句如此，居天下有甚難！老夫前言戲之耳。」**31**

　　唐人當時流行以詩歌或文章投謁名人或是有社會地位者，以祈求受到提拔或賞賜，白居易初到長安城，自然沒什麼名聲，於是寫詩投謁當時的顧況。顧況看到他的名「居易」，因而開玩笑戲稱長安城物價昂貴居大不易，有戲謔的味道，直到讀了白居易的詩時，才感嘆有如此佳句，居天下也不會太困難，因而受到賞識而成名，居長安之後，開始變得很容易。

　　白居易有名的〈賦得原上草送友人〉（或作〈賦得古原草送別〉）一詩：

　　離離原上草，一歲一枯榮。野火燒不盡，春風吹又生。
　　遠芳侵古道，晴翠接荒城。又送王孫去，萋萋滿別情。**32**

31.五代・王定保撰，《唐摭言》卷七，收錄在《唐五代筆記小說大觀》，（上海：古籍出版社，2000年3月）頁1641。
32.清聖祖御定，《全唐詩》，（北京：中華書局出版，1996年1月）13冊436卷，頁4836。

　　白居易此詩以原上草作為送友人的一首勉勵詩，看見原上長得茂盛翠綠的青草，春夏時的荔荔鬱鬱與秋冬的枯萎凋殘，是枯榮的相對比，有時還會來一場無情的野火，蔓延燃燒彷彿燒盡滅絕，但是在大自然春風、春雨的揮灑滋潤下，又萌發出新生命。

　　詩雖詠草，卻以草為喻，草堅強的生命力，是不管外來的摧折，即便是一場熊熊殘酷的烈火，也無法燒盡草的生命，只要立定腳跟不放鬆，就有絕處逢生的生機，詩意有「置死地而後生」、「絕地逢生」、「山窮水盡疑無路，柳暗花明又一村」的重生與希望。的確是一首寓意深厚，且又通俗易懂的好詩。

詩人小傳

　　白居易，字樂天，下邽人。貞元年中，考中進士，補校書郎。元和年初，對制策入等，擔任盩厔尉、集賢校理。不久之後皇帝召為翰林學士、左拾遺等官職，擔任贊善大夫，因為仗義直言而被貶為江州司馬，並遷徙為忠州刺史。唐穆宗初，徵為主客郎中、知制誥。後來又被流放在外，歷任杭、蘇二州刺史。唐文宗立，以秘書監召回宮，擔任刑部侍郎。不久因病，除去太子賓客分司東都，改擔任河南尹。開成年初，任命為同州刺史，沒接受，改擔任太子少傅。會昌年初，以刑部尚書退休，死後追贈尚書右僕射，諡曰文，自號醉吟先生，亦稱香山居士。與同年元稹酬詠，號「元白」；與劉禹錫酬詠，號「劉白」。長慶集詩二十卷，後集詩十七卷，別集補遺二卷，今編詩三十九卷。（據《全唐詩》作者小傳）

深入思考

一、俗語說「草根性」，請問具有何含意？

二、白居易名詩中「野火燒不盡，春風吹又生」，在今日社會中有何啟發意義？

三、白居易因為名字而產生趣味性，就你所知古代文人雅士的名字中，有何趣味的諧音？

推薦閱讀

蔡邕〈飲馬長城窟行〉：

青青河邊草，綿綿思遠道。遠道不可思，夙昔夢見之。

夢見在我傍，忽覺在他鄉。他鄉各異縣，展轉不可見。
枯桑知天風，海水知天寒。入門各自媚，誰肯相為言？
客從遠方來，遺我雙鯉魚。呼兒烹鯉魚，中有尺素書。
長跪讀素書，書上竟何如？上言加餐食，下言長相憶。

王維〈送別〉：

山中相送罷，日暮掩柴扉。春草明年綠，王孫歸不歸。**33**

李煜〈清平樂〉：

別來春半，觸目柔腸斷。砌下落梅如雪亂，拂了一身還滿。雁來音信無憑，路遙歸夢難成。離恨恰如春草，更行更遠還生。**34**

原文語意

　　白居易剛剛參加科舉考試，尚未有名聲，於是以詩歌拜見當時的顧況。剛開始顧況戲謔地對他說：「長安城物價很貴，居住在這裡並不容易。」到了讀到白居易的〈賦得原上草送友人〉一詩中，有詩句：「野火燒不盡，春風吹又生。」顧況感嘆地說：「有這麼佳的句子，居天下有什麼難處呢？老夫之前所說的是開玩笑的。」

33. 清聖祖御定，《全唐詩》，（北京：中華書局出版，1996年1月）4冊128卷，頁1303。
34. 詹安泰編著，《南唐二主詞》，（台北：天工書局印行，1991年12月）頁108。

知識補帖

李叔同〈送別〉：

　　長亭外，古道邊，芳草碧連天。晚風拂柳笛聲殘，夕陽山外山。天之涯，地之角，知交半零落。一觚濁酒盡餘歡，今宵別夢寒。

　　韶光逝，留無計，今日卻分袂。驪歌一曲送別離，相顧卻依依。聚雖好，別雖悲，世事堪玩味，來日後會相予期，去去莫遲疑。

校園民歌〈小草〉：

　　大風起把頭搖一搖，風停了又挺直腰，大雨來彎著背讓雨澆，雨停了抬起頭站直腳，不怕風，不怕雨，立志要長高，小草實在是並不小。

08 唐代兒童生活趣味詩

　　自古以來，父母親對子女的愛是永不止息的，親情的自然天性，維繫著人倫社會的秩序，這個社會也因為有各式各樣的愛，充實、豐富、健全也完美了我們的人生，不論是父愛、母愛都一樣，流露出和煦、溫暖，是如此的真誠偉大，並且無怨無悔、無私無我的奉獻犧牲。

　　閱讀唐詩是一件愉快的享受和經驗，不僅吸收了唐人的經驗和智慧，也可怡情悅性。因為教學與研究需要的緣故，筆者常需檢索《全唐詩》，原為了尋找「秋千」遊戲相關的詩，無意間找到這首描寫兒童生活多采多姿的詩。一千三百多年前，一位唐代的詩人父親路德延，細膩地觀察他的孩子，陪他一同成長，與他一起學習，還以詩歌記錄了小兒的童年生活，內容多樣、細膩生動。筆者閱讀二、三次後，覺得十分生動有趣，值得與大家共分享，並試著分析論述唐代的兒童，他們過的是什麼樣的生活？有什麼樣的遊戲？遊玩的方式？真實呈現唐代兒童趣味的生活寫照。

　　兒童是未來的主人翁，童年時光是最無憂無慮的，每一個人的童年只有一次，僅有的一次是快樂？還是痛苦？還是像我們今日兒童一樣，在父母望子成龍、望女成鳳的殷切期盼之下，永遠上不完的補習班、輔導班、才藝班、拼命擠進所謂的資優班，為了家長的要求，進明星中小學……讓現代的兒童生活壓力過大，充滿不快樂的痛苦指數呢？我們要給現代的兒童什麼樣的生活呢？讓他們可以自由快樂的成長？值得大家一起想想吧！

　　路德延的〈小兒詩〉全詩如下：

情態任天然，桃紅兩頰鮮。乍行人共看，初語客多憐。
臂膊肥如瓠，肌膚軟勝綿。長頭纔覆額，分角漸垂肩。

散誕無塵慮，逍遙占地仙。排衙朱閣上，喝道畫堂前。
合調歌楊柳，齊聲踏採蓮。走堤行細雨，奔巷趁輕煙。
嫩竹乘為馬，新蒲折作鞭。鶯雛金旋繫，貓自綵絲牽。
擁鶴歸晴島，驅鵝入暖泉。揚花爭弄雪，榆葉共收錢。
錫鏡當胸挂，銀珠對耳懸。頭依蒼鶻裹，袖學柘枝揎。
酒殢丹砂暖，茶催小玉煎。頻邀籌著掙，時乞繡針穿。
寶篋拿紅豆，妝奩拾翠鈿。戲袍披按褥，劣帽戴靴氈。
展畫趨三聖，開屏笑七賢。貯懷青杏小，垂額綠荷圓。
鶯滴沾羅淚，嬌流污錦涎。倦書饒婭妊，憎藥巧遷延。
弄帳鶯綃映，藏衾鳳綺纏。指敲迎使鼓，筋撥賽神弦。
簾拂魚鉤動，箏推雁柱偏。棋圖添路畫，笛管欠聲鐫。
惱客初酣睡，驚僧半入禪。尋蛛窮屋瓦，探雀遍樓椽。
拋果忙開口，藏鉤亂出拳。夜分圍榾柮，朝聚打鞦韆。
折竹裝泥燕，添絲放紙鳶。互誇輪水碓，相教放風旋。
旗小裁紅絹，書幽截碧牋。遠鋪張鴿網，低控射蠅弦。
訕語時時道，謠歌處處傳。匿窗眉乍曲，遮路臂相連。
鬥草當春逕，爭毬出晚田。柳傍慵獨坐，花底困橫眠。
等鵲前籬畔，聽蛩伏砌邊。傍枝粘舞蝶，隈樹捉鳴蟬。
平島誇趫上，層崖逞捷緣。嫩苔車跡小，深雪履痕全。
競指雲生岫，齊呼月上天。蟻窠尋逕斸，蜂穴遶階填。
樵唱迴深嶺，牛歌下遠川。疊柴為屋木，和土作盤筵。
險砌高臺石，危跳峻塔磚。忽陞鄰舍樹，偷上後池船。
項囊稱師日，甘羅作相年。明時方任德，勸爾減狂顛。[35]

這位路德延筆下的小兒，若用今日眼光來看，絕對是一位「過動兒」，全身充滿了驚人的精力、體力和活力，任何事物都要嘗試，是位令人頭痛傷腦筋的小朋

35. 清聖祖御定，《全唐詩》，（北京：中華書局出版，1996年1月）21冊719卷，頁8256。

友。還好有這位細心的父親，一筆一筆的記錄下這位調皮搗蛋鬼的種種生活，也讓我們一睹唐時兒童的生活實況。

據此詩，這名小兒玩過的遊戲、調皮搗蛋過的事項，計有下列幾項：1.唱歌、2.騎竹馬、3.學蒼鶻、4.煎茶、5.學唱戲、6.學穿戲服、7.穿針乞繡、8.敲鼓、9.賽神、10.學神仙、11.彈箏、12.下棋、13.吹笛、14.捉蜘蛛、15.捉小鳥、16.藏鈎、17.打鞦韆、18.放紙鳶、19.張鴿網、20.鬥草、21.打球、22.捉蟋蟀、23.捉蝴蝶、24.捉蟬、25.搗蟻窩、26.玩峰穴、27.疊高石、28.跳塔磚、29.爬樹、30.偷駕小船、31.釣魚等，總共三十一種的遊戲活動，可以說是琳瑯滿目，內容充實豐富。

孟子云：「大人者，不失其赤子之心。」赤子之心，無疑就是純真之心、好奇之心、活潑之心，兒童初臨這個多采多姿的世界，對什麼東西事物都充滿了新鮮感、好奇心，都想要探索一番。如所有會發出聲響的器具，家中的鍋碗瓢盆，能玩的不能玩的，非得要親自摸一摸、試一試、敲一敲、打一打，才能滿足他們的好奇心，可謂自古以來兒童皆然。

從本詩中可以將此小兒所玩的遊戲及活動歸為幾類：

一、遊戲類，如：騎竹馬、敲鼓、藏鈎、打鞦韆、放紙鳶、鬥草、打球、疊高石、跳塔磚、爬樹、偷駕小船、釣魚。

此類活動皆是動態活動，以消耗兒童過剩的體能與精力，同時許多活動皆可訓練孩童腦力發展、手眼協調、手腳並用、認知能力、體能運用……等目的，在兒童的成長過程中是相當重要的。

二、學習類，如：唱歌、學蒼鶻、煎茶、學唱戲、學穿戲服、彈箏、下棋、吹笛。

除了遊戲活動之外，靜態時定下心來學習其他的事物，也是相當重要的事，若能在遊戲中學習，可以得到更佳的效果，所以只要是孩童有興趣的事情都可學。像這位小兒學唱歌、學蒼

鷳、學唱戲、學穿戲服，可見小孩的表演慾望，希望能展現出來，跟著大人有樣學樣，為自己未來展現一片天空。

三、親近自然類，這位小孩在此詩中，喜愛親近大自然，做了捉蜘蛛、捉小鳥、放紙鳶、張鴿網、鬥草、捉蟋蟀、捉蝴蝶、捉蟬、搗蟻窩、玩峰穴、爬樹、釣魚等活動。人是大自然的產物，「師法自然」也是所有學習效法的最佳典範，大自然是無盡的寶藏，一切的動植物，都散發著無窮的魅力與吸引力，吸引著孩童的目光，挑逗著他們玩耍，可以沉迷其中，樂在其中。

四、生活民俗類，每一個生命都離不開生活，其實上述的一切活動也都屬於生活的部分，在這一類中這位小兒做了煎茶、穿針乞繡、賽神、學神仙等活動，學大人煎茶、學女孩家們在七夕時的七巧穿針乞繡的民俗活動，還有迎神賽會、學習神仙的民俗活動，藉此也讓我們瞭解唐代一些相關的民俗活動。

郭立誠在《中國藝文與民俗》一書中有〈談談路德延的孩兒詩〉一文中說：

這首長詩描寫兒童種種情態真是刻畫入微，維妙維肖，好像欣賞一軸人物名家所畫的「嬰戲圖」長卷，令人嘆為觀止。清趙吉士對這首詩的評語是「詩貴確切，如陸德延詠孩兒詩，最為不可移動絕唱也。」[36]

他又說：

全篇共九十四句，四百七十個字，雖然不是最長的敘事詩，卻把孩子們天真無邪的樣子，寫得淋漓盡致，他們健康美麗像一群小天使。[37]

的確如此，小孩的純真無邪，他們健康美麗像一群小天使。

時代不一樣，人類面臨的環境、新思維、價值觀，都產生了新的變化，如今少子化的情況，嬰兒的出生率年年下降，老年人的問題也相對增加，兒童所面對的又

36.郭立誠著，《中國藝文與民俗》，（台北：漢光文化事業公司，1990年6月）頁53。
37.郭立誠著，《中國藝文與民俗》，（台北：漢光文化事業公司，1990年6月）頁55。

是一項新的局面，爺爺、奶奶、外公、外婆、父親、母親、疼愛一個孫子，各式各樣的玩具，聲光效果、電腦、不同的學習工具，讓現代兒童既幸福也充滿未來競爭的壓力，像篇章中出現的快樂童年，恐怕未來不多見了。

詩人小傳

　　路德延，冠氏人，光化初年進士及地，天祐年間，擔任拾遺官職，河中節度使，朱友謙請他擔任書記一職，詩三首。（據《全唐詩》作者小傳）

深入思考

　　一、你曾經擁有過什麼樣的童年？
　　二、童年裡的回憶中，有哪些難忘的遊戲或娛樂？
　　三、「遊玩」與「學習」在童年的時光中，各扮演什麼樣的地位？

推薦閱讀

　　陳正平著《唐代游藝詩歌研究》，（台北：文津出版社，2007年1月）第六章、童趣嬉戲游藝休閒活動。第一節放紙鳶，第二節捉迷藏，第三節跑竹馬，第四節鬥草。

第二篇

幽默風趣的人文情懷

01　唱詩歌以求官位升遷

　　在朝廷為官，若想要平步青雲高升爵位，除了受到皇帝的賞識之外，更需要有相當的能力，方能一步一步往上爬，所以群臣之間的爾虞我詐、爭鋒相對、勾心鬥角，時有所聞。在唐朝這個注重詩歌的時代，求取官位的升遷，反倒是用唱詩歌的方式，也是十分奇妙有趣。

　　唐‧孟棨的《本事詩》中記載了一則唱詩歌以求官位升遷的事：

　　沈佺期以罪謫，遇恩，復官秩，朱紱未復。嘗內宴，群臣皆歌〈回波樂〉，撰詞起舞，因是多求遷擢。佺期詞曰：「回波爾時佺期，流向嶺外生歸，身名已蒙齒錄。袍笏未復牙緋。」中宗即以緋魚賜之。崔日用為御史中丞，賜紫。是時佩魚需有特恩，亦因內宴，中宗命群臣撰詞。日用曰：「台中鼠子直須諳，信足跳梁上壁龕，倚翻燈脂污張五，還來囓帶報韓三，莫浪語，直王相，大家必若賜金龜，賣卻貓兒相賞。」中宗即以緋魚賜之。[1]

　　由上記載可知，唐時的內宴不僅是皇帝宴請群臣，更是群臣求表現的重要時刻，群臣皆歌〈回波樂〉，紛紛動腦筋發揮創意撰寫歌詞，並且翩翩起舞，希望能被提拔升官，受到皇帝的青睞及賞識。沈佺期的〈回波樂〉詩：

　　回波爾時佺期，流向嶺外生歸，身名已蒙齒錄。袍笏未復牙緋。[2]

1. 唐‧孟棨撰，《本事詩》，收錄在《唐五代筆記小說大觀》下，（上海：上海古籍出版社，2000年3月）頁1252～1253。
2. 清聖祖御定，《全唐詩》，（北京：中華書局出版，1996年1月）4冊97卷，頁1054。

　　沈佺期因為這首〈回波樂〉詩，而贏得唐中宗以緋魚賜之。另一個唱詩歌求官的是崔日用，崔日用擔任御史中丞，賜紫。在當時若想要「佩魚」需有特恩，於是也藉由內宴的機會，中宗命群臣撰詞。崔日用的〈乞金魚詞〉（日用為御史中丞，賜紫，是時佩魚須有特恩，因會宴。日用撰詞云云，中宗以金魚賜之。）詩曰：

　　台中鼠子直須譜，信足跳梁上壁龕，倚翻燈脂污張五，還來嚙帶報韓三，莫浪語，直王相，大家必若賜金龜，賣卻貓兒相賞。[3]

　　崔日用此詩以比喻的手法寫來，台中老鼠應當是暗中來去，卻跳梁上壁龕打翻了燈脂，弄髒了張五，還來嚙帶報韓三，「張五」及「韓三」應當是人名的借代，如同我們今日所說的張三、李四、王五、趙六，大家藉由唱詩歌的方式，無疑是想要賞賜高位，如果大家都追求「金龜」的封賞，賣卻貓兒相賞，最後唐中宗即以緋魚賜之。

---

3. 清聖祖御定，《全唐詩》，（北京：中華書局出版，1996年1月）25冊869卷，頁9819。

詩人小傳

　　沈佺期，字雲卿，相州內黃人，擅長詩歌，尤其擅長七言詩歌之作。考中進士，長安中，累官至通事舍人，預修三珠教英，轉考功郎給事中，因張易之而坐罪，被流放至驩州，後來擔任台州錄事參軍，神龍年中，皇帝召見，擔任起居郎，修文館直學士，歷任中書舍人，太子少詹事。開元初年，建安後，迄江左，詩歌的格律屢次變化。到了沈約、庾信等人，以音韻相婉附，屬對相當精密，到了沈佺期與宋之問時，更加靡麗典雅，回忌聲病，約句準篇，如同錦繡文章一樣，學者十分推崇，號為「沈宋」。語曰：「蘇李居前，沈宋比肩。」集十卷，今編詩三卷。（據《全唐詩》作者小傳）

　　崔日用，滑州靈昌人，舉進士。大足元年，為宗楚客稱讚推薦，提拔成為新豐尉。神龍年間，附和在楚客、三思之下，於是很快升遷為兵部侍郎，兼擔任文館學士，後來預討韋庶人謀反，擔任黃門侍郎一職，參知機務。開元年間，擔任吏部尚書，最後終於并州大都督長史。詩九首。（據《全唐詩》作者小傳）

深入思考

　　一、唐人唱詩歌以求升官相當奇特，具有什麼意義？

　　二、「金龜」在唐代的象徵為何？在現代又具有何意義？（或作金龜婿）

　　三、如果你想要升官或更上一層樓，在現代社會中該如何做？

推薦閱讀

　　李白〈對酒憶賀監二首〉并序：

　　太子賓客賀公，于長安紫極宮一見余，呼余為謫仙人，因解金龜換酒為樂，歿後對酒，悵然有懷，而作是詩。

　　四明有狂客，風流賀季真。長安一相見，呼我謫仙人。

昔好杯中物，今為松下塵。金龜換酒處，卻憶淚沾巾。

狂客歸四明，山陰道士迎。敕賜鏡湖水，為君臺沼榮。

人亡餘故宅，空有荷花生。念此杳如夢，淒然傷我情。[4]

原文語意

　　沈佺期因為犯罪而被貶謫，遇上皇帝開恩，又恢復官職，然而朱紱卻未復職。皇帝曾經舉辦宮廷內宴會，所有的大臣都唱〈回波樂〉歌，紛紛撰詞翩翩起舞，大多數都想藉此受到皇帝的提拔。沈佺期詞曰：「回波爾時佺期，被流放嶺外如今可以歸回，在外的身名已蒙齒錄。但是袍衣及笏板卻尚未牙緋。」唐中宗即以緋魚賞賜給他。崔日用當時為御史中丞，賜紫。在當時賞賜佩魚需要有特別恩寵，因為內宴的關係，唐中宗命令群臣撰詞。崔日用曰：「台中鼠子應該躲在暗處，如今卻信足跳梁跳上了壁龕，不小心打翻燈脂污染了張五，還來用嚙帶想要報答韓三，不要多用浪語，直接王相，大家必想要受到賜金龜的賞賜，賣卻了貓兒相賞。」最後唐中宗即以緋魚賜之。

知識補帖

〈回波樂〉（〈下兵詞〉）

請參考：呂一飛著《胡族習俗與隋唐風韻魏》——晉北朝北方少數民族社會風俗及其對隋唐的影響，（北京：書目文獻出版社，1994年10月）。第五章第三節，頁180～183。

---

4. 清聖祖御定，《全唐詩》，（北京：中華書局出版，1996年1月）6冊182卷，頁1859。

02　詩人互相吹捧

　　自古以來，文人相輕，總覺得自己的文章最好，別人的文章不堪一讀，這是由於人的本位主義作祟的關係，以自己的觀點來衡量別人，但這也是人之常情，常言道：「人不為己，天誅地滅」，因為每一個人都是獨立思考的生命個體，人人皆不同，都有其不同的專長、特色、習性、才能及才華。

　　詩人之間當然也會有深厚的情誼及互相賞識，像李白受到賀知章的賞識；白居易受到顧況的賞識；李白與杜甫兩人之間相互賞識等，都說明人們情感會有相契合的情懷。

　　唐・孟棨的《本事詩》中記載了二則故事，詩人因為詩句諧音及意思上的趣味，展現了詩人相互間吹捧的事蹟：

　　開元中，宰相蘇味道與張昌齡俱有名，暇日相遇，互相誇耀。昌齡曰：「某詩所以不及相公者，為無『銀花合』故也。蘇有〈觀燈〉詩曰：『火樹銀花合，星橋鐵鎖開。暗塵隨馬去，明月逐人來。』味道云：「子詩雖無『銀花合』還有『金銅釘』。」昌齡〈贈張昌宗〉詩曰：「昔日浮丘伯，『今同丁』

令威。」遂相與拊掌大笑。**5**

　　從這則記載可以看出，中國文字因為諧音的關係而產生許多言外之意，也具有不同的趣味。宰相蘇味道的〈觀燈〉詩相當有名，流傳至今，詩曰：「火樹銀花合，星橋鐵鎖開。暗塵隨馬去，明月逐人來。」其中的「火樹銀花」如今已經成為燈火璀璨絢麗的代稱。張昌齡說：「我的詩所以比不上相公，因為沒有『銀花合』的緣故。」蘇味道也幽默風趣的說：「你的詩中雖然沒有『銀花合』，卻是還有『金銅釘』。」原來張昌齡有〈贈張昌宗〉一詩，詩中有：「昔日浮丘伯，『今同丁』令威。」**6**『今同丁』與『金銅釘』諧音，剛好與『銀花合』呼應，充滿了趣味。於是兩人遂相與拊掌大笑。

　　宰相蘇味道的〈正月十五夜〉（一作〈上元十五夜〉）詩：

火樹銀花合，星橋鐵鎖開。暗塵隨馬去，明月逐人來。
遊伎皆穠李，行歌盡落梅。金吾不禁夜，玉漏莫相催。**7**

　　另一則：

　　詩人張祐，未嘗識白公。白公刺蘇州，祐始來謁，才見白，白曰：「久欽籍，嘗記得君款頭詩。」祐愕然曰：「舍人何所謂？」白曰：「『鴛鴦鈿帶拋何處，孔雀羅衫付阿誰？』非款頭何耶？」張頓首微笑，仰而答曰：「祐亦嘗記得舍人〈目蓮變〉。白曰：「何也？」祐曰：「『上窮碧落下黃泉，兩處茫茫皆不見。』非〈目蓮變〉何耶？」遂與歡宴竟日。**8**

5. 唐・孟棨撰，《本事詩》，收錄在《唐五代筆記小說大觀》下，（上海：上海古籍出版社，2000年3月）頁1252。
6. 今查閱《全唐詩》，並無張昌齡所作〈贈張昌宗〉詩，而有崔融的〈和梁王眾傳張光祿是王子晉後身〉一詩，其中有「昔偶浮丘伯，今同丁令威」詩句，全詩附錄在本節知識補帖中。
7. 清聖祖御定，《全唐詩》，（北京：中華書局出版，1996年1月）3冊65卷，頁752～753。
8. 唐・孟棨撰，《本事詩》，收錄在《唐五代筆記小說大觀》下，（上海：上海古籍出版社，2000年3月）頁1252。

　　從這則記載可以看出，詩人之間熟知對方詩句的趣談，詩人張祜在蘇州拜見白居易，白居易一開頭就說：「嘗記得君款頭詩」，當場讓張祜錯愕，不知所謂何者？白居易曰：「『鴛鴦鈿帶拋何處，孔雀羅衫付阿誰？』非款頭何耶？」讓張祜點頭微笑，具有不同的趣味。張祜也不甘示弱，接著說：「祜亦嘗記得舍人〈目蓮變〉。」讓大詩人白居易也像丈二金剛摸不著頭，不知所指為何？最後張祜才說出：「『上窮碧落下黃泉，兩處茫茫皆不見。』非〈目蓮變〉何耶？」以「兩處茫茫皆不見」喻「目連著變」（目蓮變）的諧音，這樣的情景像覓得知音好友一樣，於是兩人把酒言歡終日。

　　上文中張祜的「鴛鴦鈿帶拋何處，孔雀羅衫付阿誰？」詩句是出自於張祜的〈感王將軍柘枝妓歿〉一詩，其詩如下：

寂寞春風舊柘枝，舞人休唱曲休吹。鴛鴦鈿帶拋何處，孔雀羅衫付阿誰。
畫鼓不聞招節拍，錦靴空想挫腰肢。今來座上偏惆悵，曾是堂前教徹時。[9]

　　從題目來看是感念王將軍府中擅長跳柘枝舞的舞妓去世所寫的詩篇，詩中「鴛鴦鈿帶拋何處，孔雀羅衫付阿誰？」兩句描寫舞者的身影和姿態裝扮，如今卻要拋何處及付阿誰？充滿傷感和無奈的嘆息！

　　從這兩則記事，可以看出詩人之間的情誼，對於友人的詩句皆耳熟能詳、朗朗上口，加上中國文字的諧音和另有所指的特色，呈現一種格外的趣味，一方面不失幽默風趣；一方面展現詩人的敏捷反應能力，讀來饒富趣味。

---

9. 清聖祖御定，《全唐詩》，（北京：中華書局出版，1996年1月）15冊511卷，頁5827。

詩人小傳

　　蘇味道，趙州欒城人，與同鄉里的人李嶠俱以文章顯著，當時人謂之「蘇李」。成年時即考上進士，累官至咸陽尉，裴行儉引薦擔任書記。延載年中，歷任鳳閣舍人、檢校侍郎。證聖元年時，出為集州刺史，不久之後召拜天官侍郎。聖曆年初，擔任鳳閣侍郎同鳳閣鸞臺三品，前後擔任宰相職位數年，多認識臺閣故事典故。神龍年時，因張易之黨坐罪而被貶為眉州刺史，後來回來擔任益州長史而死在任內。集十五卷，今編詩一卷。（據《全唐詩》作者小傳）

　　張祐，字承吉，清河人，以宮詞得名。長慶年間，令狐楚以上表推薦他。不報，擔任諸侯府，多與人不合，自行彈劾求去。曾經在淮南作客，喜愛丹陽的曲風和地點，於是築室隱居。集十卷，今編詩二卷。（據《全唐詩》作者小傳）

　　白居易，見第一篇07詩人小傳。

深入思考

　　一、自古以來文人相輕，為什麼會有這樣的情況？

　　二、文人之間互相吹捧，具有什麼樣的含意？

　　三、文字的諧音會產生何種效果？

推薦閱讀

白居易〈長恨歌〉：

漢皇重色思傾國，御宇多年求不得。楊家有女初長成，養在深閨人未識。
天生麗質難自棄，一朝選在君王側。回眸一笑百媚生，六宮粉黛無顏色。
春寒賜浴華清池，溫泉水滑洗凝脂。侍兒扶起嬌無力，始是新承恩澤時。
雲鬢花顏金步搖，芙蓉帳暖度春宵。春宵苦短日高起，從此君王不早朝。
承歡侍宴無閒暇，春從春遊夜專夜。後宮佳麗三千人，三千寵愛在一身。
金屋妝成嬌侍夜，玉樓宴罷醉和春。姊妹兄弟皆列士，可憐光彩生門戶。

遂令天下父母心，不重生男重生女。驪宮高處入青雲，仙樂風飄處處聞。
緩歌慢舞凝絲竹，盡日君王看不足。漁陽鼙鼓動地來，驚破霓裳羽衣曲。
九重城闕煙塵生，千乘萬騎西南行。翠華搖搖行復止，西出都門百餘里。
六軍不發無奈何，宛轉蛾眉馬前死。花鈿委地無人收，翠翹金雀玉搔頭。
君王掩面救不得，回看血淚相和流。黃埃散漫風蕭索，雲棧縈紆登劍閣。
峨嵋山下少人行，旌旗無光日色薄。蜀江水碧蜀山青，聖主朝朝暮暮情。
行宮見月傷心色，夜雨聞鈴腸斷聲。天旋日轉迴龍馭，到此躊躇不能去。
馬嵬坡下泥土中，不見玉顏空死處。君臣相顧盡霑衣，東望都門信馬歸。
歸來池苑皆依舊，太液芙蓉未央柳。芙蓉如面柳如眉，對此如何不淚垂。
春風桃李花開夜，秋雨梧桐葉落時。西宮南苑多秋草，宮葉滿階紅不掃。
梨園弟子白髮新，椒房阿監青娥老。夕殿螢飛思悄然，孤燈挑盡未成眠。
遲遲鐘鼓初長夜，耿耿星河欲曙天。鴛鴦瓦冷霜華重，翡翠衾寒誰與共。
悠悠生死別經年，魂魄不曾來入夢。臨邛道士鴻都客，能以精誠致魂魄。
為感君王展轉思，遂教方士殷勤覓。排空馭氣奔如電，升天入地求之遍。
上窮碧落下黃泉，兩處茫茫皆不見。忽聞海上有仙山，山在虛無縹緲間。
樓閣玲瓏五雲起，其中綽約多仙子。中有一人字太真，雪膚花貌參差是。
金闕西廂扣玉扃，轉教小玉報雙成。聞道漢家天子使，九華帳裏夢魂驚。
攬衣推枕起裴回，珠箔銀屏邐迤開。雲鬢半偏新睡覺，花冠不整下堂來。
風吹仙袂飄飆舉，猶似霓裳羽衣舞。玉容寂寞淚闌干，梨花一枝春帶雨。
含情凝涕謝君王，一別音容兩渺茫。昭陽殿裏恩愛絕，蓬萊宮中日月長。
回頭下望人寰處，不見長安見塵霧。唯將舊物表深情，鈿合金釵寄將去。
釵留一股合一扇，釵擘黃金合分鈿。但教心似金鈿堅，天上人間會相見。
臨別殷勤重寄詞，詞中有誓兩心知。七月七日長生殿，夜半無人私語時。
在天願作比翼鳥，在地願為連理枝。天長地久有時盡，此恨綿綿無絕期。**10**

10. 清聖祖御定，《全唐詩》，（北京：中華書局出版，1996年1月）13冊435卷，頁4816～4820。

原文語意

　　一、開元中，宰相蘇味道與張昌齡在當時都有名聲，閒暇日相遇，兩人互相誇耀。張昌齡說：「我寫的詩之所以比不上你，因為沒有『銀花合』的緣故。」蘇味道有〈觀燈〉詩曰：「火樹銀花合，星橋鐵鎖開。暗塵隨馬去，明月逐人來。」味道說：「你的詩雖然無『銀花合』，但是還有『金銅釘』。」張昌齡〈贈張昌宗〉詩說：「昔日浮丘伯，『今同丁』令威。」於是兩人拍手哈哈大笑。

　　二、詩人張祜，未嘗認識白居易。白居易擔任蘇州刺史，張祜始來拜見他，才一見到白居易，白居易就說：「長久以來欽佩你，曾經記得你的款頭詩。」張祜愣了一下驚愕地說：「白舍人所指的是什麼呢？」白居易回答說：「『鴛鴦鈿帶拋何處，孔雀羅衫付阿誰？』難道不是款頭是什麼呢？」張祜點頭微笑，仰起頭來而回答說：「張祜也嘗記得白舍人你的〈目蓮變〉。」白居易說：「這是什麼呢？」張祜說：「『上窮碧落下黃泉，兩處茫茫皆不見。』難道不是〈目蓮變〉嗎？」於是兩人相談甚歡飲宴終日。

知識補帖

崔融〈和梁王眾傳張光祿是王子晉後身〉：

聞有沖天客，披雲下帝畿。三年上賓去，千載忽來歸。
昔偶浮丘伯，今同丁令威。中郎才貌是，柱史姓名非。
祇召趨龍闕，承恩拜虎闈。丹成金鼎獻，酒至玉杯揮。
天仗分旄節，朝容間羽衣。舊壇何處所，新廟坐光輝。
漢主存仙要，淮南愛道機。朝朝緱氏鶴，長向洛城飛。[11]

張祜〈觀杭州柘枝〉：

---

11. 清聖祖御定，《全唐詩》，（北京：中華書局出版，1996年1月）3冊68卷，頁767。

舞停歌罷鼓連摧，軟骨仙蛾暫起來。紅氎畫衫纏腕出，碧排方胯背腰來。
旁收拍拍金鈴擺，卻踏聲聲錦袎摧。看著遍頭香袖褶，粉屏香帕又重隈。[12]

張祐〈周員外席上觀柘枝（一作周員外出雙舞柘枝妓）〉：

畫鼓拖環錦臂攘，小娥雙換舞衣裳。金絲蹙霧紅衫薄，銀蔓垂花紫帶長。
鶯影乍迴頭並舉，鳳聲初歇翅齊張。一時欻腕招殘拍，斜斂輕身拜玉郎。[13]

張祐〈觀楊瑗柘枝〉：

促疊蠻鼉引柘枝，卷簷虛帽帶交垂。紫羅衫宛蹲身處，紅錦靴柔踏節時。
微動翠蛾抛舊態，緩遮檀口唱新詞。看看舞罷輕雲起，卻赴襄王夢裏期。[14]

張祐〈李家柘枝〉：

紅鉛拂臉細腰人，金繡羅衫軟著身。長恐舞時殘拍盡，卻思雲雨更無因。[15]

---

12. 清聖祖御定，《全唐詩》，（北京：中華書局出版，1996年1月）11冊511卷，頁5827。
13. 清聖祖御定，《全唐詩》，（北京：中華書局出版，1996年1月）11冊511卷，頁5827。
14. 清聖祖御定，《全唐詩》，（北京：中華書局出版，1996年1月）11冊511卷，頁5827。
15. 清聖祖御定，《全唐詩》，（北京：中華書局出版，1996年1月）11冊511卷，頁5844。

03　唐代怕太太俱樂部

　　走入婚姻之後，夫妻的相處之道是門學問，常言道：「相愛容易相處難」，在婚姻生活裡相互包容、尊重，可以舉案齊眉，可以分工合作，也可以相互支持。反之，若相處不好，遇事針鋒相對，難以溝通、雞同鴨講、同床異夢甚至相敬如「冰」，都會影響婚姻生活的品質。

　　一個凶悍的太太被稱為「悍婦」，讓男人為之懼怕，一動怒起來被稱為「河東獅吼」，男人懼內被稱為PTT（怕太太），女人因為凶悍而讓男人懼內，古今中外這種「怕老婆俱樂部」時時都有。唐代一樣有「PTT（怕太太）俱樂部」，而且連高高在上、大權在握的皇上也不例外。據唐・孟棨的《本事詩》中載：

　　中宗朝，御史大夫裴談崇奉釋氏。妻悍妒，談畏之如嚴君。嘗謂人：「妻有可畏者三：少妙之時，視之如生菩薩。及男女滿前，視之如九子魔母[16]，安有人不畏九子魔母耶？及五十、六十，薄施妝粉，或黑，視之如鳩盤荼[17]，安有人不畏鳩盤荼？」時韋庶人頗襲武氏之風軌，中宗漸畏之。內宴唱〈回波詞〉，有優人詞曰：「回波爾時栲栳，怕婦也是大好。外邊只有裴談，內裡無過李老。」韋后意色自

---

16. 「九子魔母」是中國民間主掌生息的女神，傳說就是女歧的化身。因為女歧的生育能力很強，所以受到後世廣大婦女同胞的頂禮膜拜。「九子魔母」在唐代以前的名氣並不大，到唐代時，香火卻忽然旺盛起來。在唐人小說中，九子魔母或為年輕嬌豔的美女，或為妖媚豐腴的美婦，行走人間，或戲弄為其塑像的信眾，或勾引年少俊美的行者，一時非常活躍。摘自《中國歷代美女榜》。
17. 鳩盤荼ㄐㄧㄡ　ㄆㄢˊ　ㄊㄨˊ印度神話中四天王率領的八種鬼神之一。為梵語kumbanda的音譯。食人精氣，形貌醜陋如甕、瓶腹、冬瓜。「荼」文獻異文作「盤」。唐・孟榮《本事詩・嘲戲》：「妻有可畏者三：少妙之時，視之如生菩薩。及男女滿前，視之如九子魔母，安有人不畏九子魔母耶？及五十、六十，薄施妝粉或黑，視之如鳩盤荼，安有人不畏鳩盤荼？」引自《國語辭典》。

得，以束帛賜之。[18]

　　此載中御史大夫裴談崇信奉釋氏（佛教），他的妻子既凶悍又善妒，裴談害怕她的太太如同嚴君一般，當時的韋庶人頗襲武氏（武則天）之風軌，中宗漸畏之。內宴時唱〈回波詞〉，有優人詞曰：

回波爾時栲栳[19]，怕婦也是大好。外邊只有裴談，內裡無過李老。[20]

　　詩中所謂的「李老」者，即指中宗皇帝。這首樂人所唱的〈回波樂〉，是為了討好韋后，意思說懼內怕老婆，也是件大好事，朝臣中怕老婆的是裴談，而宮廷裡怕老婆的則是唐中宗。這首〈回波樂〉讓韋后心花怒放、心滿意足，最後還賞賜束帛給這個樂人。

　　台語的諺語裡這樣說：「驚某大丈夫，打某豬狗牛」也點出怕太太是天經地義的事，如果出手打老婆的話，就連豬狗都不如，至現代連家暴法也不允許這樣的行為，可見古人的智慧。還有像「聽某嘴，大富貴」，要多聽聽太太的話及意見，便會招來祥和富貴；常言道：「女為弱，為母則強」，也說明女子為母後的轉變，又有一句諺語說：「惹熊惹虎，千萬不要惹到恰差某」說明有些凶悍的女子是惹不起的。

　　當然，時至今日社會結構已經改變了，儘管「PTT（怕太太）俱樂部」還是存在，但是強調男女平權、兩性平等、互相尊重的時代，婚姻關係也產生微妙的變化，走入婚姻之後，兩人是夫妻是伴侶、是合作伙伴也可以是朋友的關係，相互扶持、互相關懷、真誠相對、相敬如賓，才是夫妻相處之道的法寶，也是家庭幸福美滿快樂的不二法門。

18. 唐·孟棨撰，《本事詩》，收錄在《唐五代筆記小說大觀》下，（上海：上海古籍出版社，2000年3月）頁1253。
19. 栲：木名，材可製車軸，或稱「栲櫟」。栲栳：用竹或柳條編成的盛物器。
20. 清聖祖御定，《全唐詩》，（北京：中華書局出版，1996年1月）25冊890卷，頁10049。

詩人小傳

中宗朝時優人，生平事蹟不詳。

深入思考

一、夫妻相處之道最重要的是什麼？

二、如果要做到不怕老婆，有什麼樣的方式呢？

三、常言道：「女子為弱，為母則強」請說明為何會如此？

推薦閱讀

李景伯雜曲歌辭〈回波樂〉：

商調曲，蓋出於曲水引流泛觴。中宗宴侍臣，令各為回波樂，眾皆為諂佞之辭，及自要榮位。次至諫議大夫李景伯，乃歌此辭，後亦為舞曲。

回波爾時酒卮，微臣職在箴規。侍宴既過三爵，誼譁竊恐非儀。[21]

沈佺期〈回波詞〉：

回波爾時佺期，流向嶺外生歸。身名已蒙齒錄，袍笏未復牙緋。[22]

原文語意

唐中宗朝，御史大夫裴談推崇信奉佛教。他的妻子強悍善於嫉妒，裴談十分害

21.清聖祖御定，《全唐詩》，（北京：中華書局出版，1996年1月）2冊27卷，頁391。
22.清聖祖御定，《全唐詩》，（北京：中華書局出版，1996年1月）4冊97卷，頁1057。

怕她視之如同嚴君。曾經告訴別人說：「太太令人害怕的時候有三種情況：年少嫚妙的時候，看起來如同生菩薩。到了生育之後男女滿前，看起來如同古代的『九子魔母』，哪有人不害怕『九子魔母』呢？到了及五十、六十歲時，薄薄施妝打扮塗上脂粉，或黑色裝扮，看起來如同『鳩盤荼』，哪有人不害怕『鳩盤荼』呢？」當時的韋庶人頗襲承武則天皇帝的強勢作風，唐中宗漸漸害怕她。所以在內宴時唱〈回波詞〉，有表演的優人唱著歌詞說：「回波爾時栲栳，怕婦人也是大好的事。外邊只有裴談，在朝廷裡無非就是李老。」韋皇后聽了之後意色自得，以束帛賞賜給他。

04　白居易戲答諸少年

　　一個社會是由眾多人民所組合而成的，有人年長有人年幼，尊敬長上、慈愛幼小，這是儒家常常要我們遵循的人倫之常，也是儒家所強調重視的精神，君臣、父子、夫婦、朋友、長幼，都有一定的倫常關係。常言道：「四海之內皆兄弟」，是強調人我之間的關係，皆應當像兄弟般的親切和善。流行歌手張惠妹唱的〈姊妹〉：「你是我的姊妹」，姊姊妹妹也是一家親。

　　然而，若沒有儒家的慈愛之心，自古以來欺負弱小、大欺小、仗勢欺人或是凌虐老人的事情也是時有所聞。

　　唐代大詩人白居易，曾經被一群少年欺負，寫了一首詩抒發自己委屈的心情。白居易的〈戲答諸少〉詩云：

　　顧我長年頭似雪，饒君壯歲氣如雲。朱顏今日雖欺我，白髮他時不放君。[23]

　　人生在世難免會有落難的時候，正如俗語所謂的「虎落平陽被犬欺，龍困淺灘遭蝦戲」，落難的詩人頭髮已經鬢白，被一群囂張、輕狂的少年所欺負，白居易也深知對方氣勢如焰，正值壯年氣如雲，鬥不過他們，就姑且饒了他們，不與他們計較，朱顏今日雖然欺負我，但總有一天你們也會有白髮的時候，到時候一定不放過你們。

　　白居易遇到惡少寫詩來抒發，其實是透露出自己的百般無奈，若真等這些惡少都白髮了，恐怕白居易也已經是老態龍鍾的老頭子了，也無多少體力和氣勢可以反擊他們了。

23.清聖祖御定，《全唐詩》，（北京：中華書局出版，1996年1月）13冊440卷，頁4905。

　　台灣社會裡若有中年人欺負小孩，老一輩的總會告誡小孩對被欺負者說：「你會老，我會長大」意味不要仗勢欺人，雖然我現在幼小屈居下風，但是我日後會長大。另一層的含意當然便是培養容忍的心胸和氣度，識時務者為俊傑，不是膽怯、懦弱的表現，而是瞭解局勢，處在敵強我弱情況下，容忍示弱成為保身全退的最佳方式。

　　今日社會中年少輕狂的青年，成群結隊出入不良場所，逞兇鬥勇，迎面而來只看一眼，或看不順眼，或一言不合，都有可能引來痛毆一頓，甚至引來殺機，一群狂傲目中無人的浪子青年街頭飆車、呼嘯而過，隨機傷人或砍人，行為放肆囂張，肆無忌憚，連警方也大傷腦筋，遇到了他們，為了自身的安全，還是敬而遠之。

　　處在敵強我弱情況下，偶而吃一下虧並無大礙，暫時的容忍、示弱，並不是膽小無知和懦弱的行為，反而是另一種的生存法則，常言道：「識時務者為俊傑」、「忍一時風平浪靜」、「退一步海闊天空」，俊傑不逞一時之快，忍耐也不是膽小的表現，放低身段，柔軟處理，也不失為是一種處世的人生哲學。

詩人小傳

白居易，見第一篇07詩人小傳。

深入思考

一、現代社會的倫常之理還存在嗎？請舉出一些脫序的倫常行為當作借鏡？

二、儒家的倫常精神為何？在今日社會中還適用嗎？

三、日常生活中遇見欺凌情形出現時該如何處理？

推薦閱讀

白居易〈鳥〉：

誰道群生性命微，一般骨肉一般皮。勸君莫打枝頭鳥，子在巢中望母歸。

知識補帖

《論語》〈學而篇〉：

子曰：「弟子入則孝，出則弟，謹而信，汎愛眾，而親仁，行有餘力，則以學文。」[24]

24.錢穆撰，《論語新解》（台北：東大圖書公司，2005年4月）頁11。

05　因會作詩而免被徵兵

「徵兵」是古代男子必須面對的一項勞役工作，捍衛國家、保護鄉里，一直延續到今日，成為男人的責任。但是俗語說：「好鐵不打釘，好男不當兵」，許多人依舊抱持著能夠不當兵還是最好，所以在兵役體檢上出現許多漏洞。然而，隨著科技時代進步，現在是科技戰爭、電子戰爭時代，只需按鍵，用電腦控制，已經不需要這麼多的人力，兵役時間也縮短了，甚至未來會採用募兵制。

在唐代也是實施徵兵制，然而遇到戰爭或內亂兵力不足的情況下，捉人強行兵役，也是時有所聞的事，詩聖杜甫著名的〈三吏〉、〈三別〉詩中，便有一首是描寫強行徵兵的詩，這是時代悲劇下的無奈，然而，倒楣悲苦的都是無辜的人民百姓。

唐・孟棨的《本事詩》中記載了一則因會作詩而免被徵兵的故事：

朱滔括兵，不擇士族，悉令赴軍，自閱于球場。有士子容止可觀，進趨淹雅，滔召問之曰：「所業者何？」曰：「學為詩。」問：「有妻否？」曰：「有。」即令作寄內詩，援筆立成。詞曰：「握筆題詩易，荷戈征戍難。慣從鴛被暖，怯向雁門寒。瘦盡寬衣帶，啼多漬枕檀。試留青黛著，回日畫眉看。」又令代妻作詩答曰：「蓬鬢荊釵世所稀，布裙猶是嫁時衣。胡麻好種無人種，合是歸時底不歸。」滔遺以束帛，放歸。[25]

這位河北士子所寫的詩：

25. 唐・孟棨撰，《本事詩》，收錄在《唐五代筆記小說大觀》下，（上海：上海古籍出版社，2000年3月）頁1239。

握筆題詩易，荷戈征戍難。慣從駕被暖，怯向雁門寒。

瘦盡寬衣帶，啼多漬枕檀。試留青黛著，回日畫眉看。[26]

　　從前四句詩看來，讓人有「文弱書生」、「百無一用是書生」的感覺，後四句反以妻子的角度來書寫，「瘦盡寬衣帶，啼多漬枕檀」寫妻子的擔憂傷心，人日漸消瘦，「試留青黛著，回日畫眉看」寫出在征戰結束歸回的殷切期盼。

　　拿筆寫詩與拿兵器打仗是兩樣截然不同的方式，一個安穩無憂，另一個卻有危害生命極大的風險，除了不知歸期之外，生命也在極危險的處境下，難怪詩人王翰〈涼州詞〉中寫到：「醉臥沙場君莫笑，古來征戰幾人回？」說明征戰的無情與悲哀。

　　朱滔又令代妻作詩，士子隨即又寫了一首答曰：

蓬鬢荊釵世所稀，布裙猶是嫁時衣。胡麻好種無人種，合是歸時底不歸。[27]

　　以妻子的立場寫到回憶「蓬鬢荊釵世所稀，布裙猶是嫁時衣」，夫妻恩愛的情景，如今要到塞外「胡麻好種無人種，合是歸時底不歸。」以胡麻好種，但是無人種，強調最重要的事是何時才是歸期？朱滔大概是不忍心拆散他們夫妻倆，最後贈送他束帛，並且將他放歸。這位士子真是幸運，遇到朱滔這位至少知書達禮的官員，否則「秀才遇到兵，有理講不清」，因為他會作詩，不僅免去征戰之役，而將他放歸還送他布帛，真是因詩而得福。

26. 清聖祖御定，《全唐詩》，（北京：中華書局出版，1996年1月）22冊784卷，頁8848。《全唐詩》收錄此詩作〈寄內詩〉。

27. 清聖祖御定，《全唐詩》，（北京：中華書局出版，1996年1月）22冊784卷，頁8848。《全唐詩》收錄此詩作〈代妻答詩〉，一作女郎葛兒作。

詩人小傳

河北士子，生平事蹟不詳。

深入思考

一、常言道：「好男不當兵，好鐵不打釘」為什麼會有這種心態？

二、俗語說：「百無一用是書生」，也有書生「投筆從戎」建立戎馬功勞或是著書立說，何者能彰顯成就？請論述之？

三、所謂「秀才遇到兵，有理說不清」這位朱滔卻能知書達禮，禮遇了這位士子，這說明了什麼？

推薦閱讀

杜甫〈新婚別〉：

兔絲[28]附蓬麻，引蔓故不長。嫁女與征夫，不如棄路旁。
結髮為君妻，席不煖君床。暮婚晨告別，無乃太匆忙。
君行雖不遠，守邊赴河陽。妾身未分明，何以拜姑嫜。
父母養我時，日夜令我藏。生女有所歸，雞狗亦得將。
君今往死地，沈痛迫中腸。誓欲隨君去，形勢反蒼黃。
勿為新婚念，努力事戎行。婦人在軍中，兵氣恐不揚。
自嗟貧家女，久致羅襦裳。羅襦不復施，對君洗紅妝。
仰視百鳥飛，大小必雙翔。人事多錯迕，與君永相望。[29]

---

28. 兔絲一作「菟絲」：一種纏繞在其他植物上生長的蔓生植物。
29. 清聖祖御定，《全唐詩》，（北京：中華書局出版，1996年1月）7冊217卷，頁2284。

原文語意

　　朱滔搜括士兵要出征，不選擇是否為讀書人，要他們都從軍，自己檢閱於球場。有一位讀書人容貌斯文秀氣，言行舉止間典雅，朱滔召問他說：「你從事什麼職業？」他回答說：「學作詩。」又問他：「是否有妻子？」回答說：「有。」於是就命令他當場作一首寄內詩，拿起筆一下子詩就寫成了。詩是這樣：「拿筆寫作詩歌容易，拿干戈征戰困難。習慣睡在鴛鴦被窩裡暖，害怕征戰雁門的寒冷。回想我的妻子日益消瘦衣帶漸寬，啼哭的淚痕濕透枕頭與床檀。我請她試留青黛的畫眉顏色，待我回來的時候再畫眉給我欣賞。」又命令他代妻子作詩答說：「蓬鬢荊釵是世上所稀少的，我穿的布裙猶是出嫁時衣裳。胡麻雖然好種卻無人種，不知道何時你可以歸回。」朱滔就以束帛贈送給他，將他放回。

知識補帖

　　杜甫〈新安吏〉：

　　原注：收京後作。雖收兩京，賊猶充斥。錢謙益曰：以下諸詩，皆乾元二年自華州之東都道途所感而作。

　　客行新安道，喧呼聞點兵。借問新安吏，縣小更無丁。
　　府帖昨夜下，次選中男[30]行。中男絕短小，何以守王城。
　　肥男有母送，瘦男獨伶俜。白水暮東流，青山猶哭聲。
　　莫自使眼枯，收汝淚縱橫。眼枯即見骨，天地終無情。
　　我軍取相州，日夕望其平。豈意賊難料，歸軍星散營。[31]
　　就糧近故壘，練卒依舊京。掘壕不到水，牧馬役亦輕。

---

30. 中男：天寶三載（西元744年）制，百姓年十八為中男，二十二歲為丁。
31. 《全唐詩》：「九節度圍鄴日久，軍無統帥，且乏食。史思明自魏來救，戰於安陽，官軍潰。郭子儀斷河陽橋，保東京。」

　　況乃王師順，撫養甚分明。送行勿泣血，僕射如父兄。（子儀因潼水之敗，從司徒降右僕射。）**32**

32. 清聖祖御定，《全唐詩》，（北京：中華書局出版，1996年1月）7冊217卷，頁2282～2283。

06　李遠因詩差點丟了官

　　俗語說：「飯可以亂吃，但是話卻不能亂說。」說錯了話不僅會招致麻煩，可能還有意想不到的災難及後果。唐人寫詩多為抒懷心胸之作，以詩言志，發發牢騷，吐一吐心中的煩悶，這其實是「騷人墨客」的本色。但是，有時言語寫入詩中，卻也成為衡量人格品德的一項依據。李遠因為一首詩中寫到下棋，帶來一些麻煩，差一點丟了官。據《唐語林》卷二載：

　　宣宗坐朝，次對官趨至，必待氣息平均，然後問事。令狐綯進李遠為杭州，上曰：「我聞李遠詩云：『長日惟消一局棋』，何以臨郡？」對曰：「詩人言，不足有實也。」仍薦廉察可任，乃許之。[33]

　　又據《北夢瑣言》卷六〈以歌詞自娛〉條載：

　　先是，李遠以曾有詩云：「人事三杯酒，流年一局棋。」唐宣宗以其非牧人[34]之才，不與郡守，宰相為言，然始俞允。[35]

　　此兩載所記同為李遠任官之事。李遠所作的詩，據《全唐詩》作：「青山不厭三杯酒，長日唯消一局棋。」[36]唐宣宗時，杭州缺一刺史，令狐綯推薦李遠任此官

33.宋・王讜撰、周勛初校證，《唐語林校證》，（北京：中華書局，2000年8月）頁95。
34.牧人：牧字作管理、治理之意。管子有〈牧民〉三章。
35.孫光憲撰，《北夢瑣言》卷第一，收錄在《唐五代筆記小說大觀》（上海：古籍出版社，2000年3月）頁1856。
36.清聖祖御定，《全唐詩》，（北京：中華書局出版，1996年1月）15冊519卷，頁5936。

職，但是李遠寫過這樣的一首詩，唐宣宗聽聞知道後，說這樣貪杯戀棋的人，怎能治理民政，於是先推薦至廉察部門考核後才予以任職，李遠一句有關棋局的詩差點丟官，成了今古奇聞。

李遠所作的詩：「青山不厭三杯酒，長日唯消一局棋。」從一般常理來看並無不妥，在煩悶無聊的日子裡，如何消磨時間？面對青山飲酒作樂，與好友下一下棋，自是人生樂事，詩人將之寫入詩歌，本是日常生活寫照，卻被唐宣宗大作文章，認為這樣貪杯戀棋的人，怎能治理民政？其實這兩者是沒有必然的關係，執政也需有休閒放鬆的時候，從事調適身心的活動，飲酒、下棋在當時是常見的休閒娛樂方式，實在無須大驚小怪。

詩人小傳

　　李遠，字求（一作承）古，蜀（今四川）人，太和年間的進士。歷任忠、建、江三州的刺史，最後的官職為「御史中丞」。有詩集一卷。（據《全唐詩》作者小傳）

深入思考

一、你喜歡從事何種的休閒娛樂活動？

二、李遠喜歡下棋寫入詩歌，可見唐人生活之面貌，你覺得下棋會有哪些樂趣？

三、就你所知還有什麼休閒娛樂屬於靜態鬥智的遊戲？

推薦閱讀

圍棋與時尚

　　魏晉時圍棋開始被納入「藝」的範疇，而到了唐代，棋則正式成了琴、棋、書、畫「四藝」之一。最早將琴、棋、書、畫並稱的是唐・張彥遠《法書要錄》卷三，評介唐初僧人辯才的藝術才能時說：

　　辯才博學，工文，琴、棋、書、畫，皆得其妙。[37]

　　由此載可知，張彥遠評介僧人辯才是一位文章、琴、棋、書、畫都精專擅長，多才多藝的優秀人才。當圍棋也像琴、書、畫一樣成為衡量一個人藝術才能和人品修養的重要指標，它在提高了圍棋的地位同時，在客觀上也就影響了整個社會風氣和文化價值的取向。

---

37. 唐・張彥遠《法書要錄》卷三，收錄在楊家駱主編，《唐人學書論著》，（台北：世界書局印行，1971年10月）頁55。

據唐・李肇《國史補》卷下載：

　　長安風俗，自貞元（德宗年號）侈于游宴，其後或侈于書法圖畫，或侈于博奕，或侈于卜祝，或侈于服食，各有所蔽也。[38]

　　此載說明唐代的長安是時尚流行的大本營，舉凡游宴、書法、圖畫、卜祝、服食或侈於博弈，都是當時的流行風氣。在這種豪華、宴游重奢侈的風氣下，博奕之風長盛不衰，它也就影響到人們的價值觀念和行為方式。據劉禹錫在〈論書〉一文中說：

　　吾觀今之人，適有面詆之曰：「子書居下品矣。」其人必逌爾而笑，或謷然不屑；詆之曰：「子握槊、奕棋居下品矣。」其人必赧然而愧，或艴然而色。是故敢以六藝斥人，不敢以六博斥人」嗟乎！眾尚之移人也。[39]

　　從上文中可知當時的社會風氣是重「六博」而輕「六藝」，「敢以六藝斥人，不敢以六博斥人」以善奕為榮，以不善奕為恥，使奕棋成為當時流行的風尚。馬諍〈唐代的圍棋與書法〉一文中云：

　　「眾尚之移人也」，這是說愛好圍棋已成為當時的一種社會風尚，唐世人顯然認識到圍棋要比書法更能體現一個人的文化修養，因此，他們也以棋品的高低去評判一個人文化和才幹的高低。[40]

　　從事何種的休閒娛樂游藝活動，亦可看出此人的愛好修為及素養，更是一種人

---

38. 唐・李肇撰，《國史補》卷下，收錄在《唐五代筆記小說大觀》（上海：古籍出版社，2000年3月）頁197。

39. 唐・劉禹錫撰，〈論書〉，《全唐文》卷六零七，清・董誥等奉敕編、清・陸心源補輯拾遺，《全唐文及拾遺》（台北：大化書局，1987年3月）頁3327。

40. 馬諍撰，〈唐代的圍棋與書法〉，《人間福報》，2005年3月15日13版。

品、風格的具體表現。圍棋做為貴族、文人雅士及一般大眾人民所喜愛的游藝活動，也具有這樣的指標作用。這種情況反過來，也使得圍棋在唐士人中，大為流行，進一步促進了唐代圍棋的繁榮與發展。

再從一個例子來看唐人對於棋藝的評價，白居易四十四歲，被貶江州司馬時，並不會下圍棋。元和十年（815年）曾在〈與元九書〉中，對元積說：

> 然僕又自思關東一男子耳，除讀書屬文外，其他懵然無知，乃至書、畫、棋、博可接群居之歡者，一無通曉，即其愚拙可知矣。**41**

由此文可知，白居易想到了關東一男子，除了讀書、寫文章之外，對於書、畫、棋、博，可以接近居之戲者，一無通曉，其愚拙可知！這是當時世俗社會風氣，而他一旦學會了圍棋後，就深深地迷上了，白居易的〈郭虛舟相訪〉一詩：

> 朝暖就南軒，暮寒歸後屋。晚酒一兩杯，夜棋三數局。
> 寒灰埋暗火，曉燄凝殘燭。不嫌貧冷人，時來同一宿。**42**

又〈獨樹浦雨夜寄李六郎中〉一詩：

> 忽憶兩家同里巷，何曾一處不追隨。閒遊預算分朝日，靜語多同待漏時。
> 花下放狂衝黑飲，燈前起坐徹明棋。可知風雨孤舟夜，蘆葦叢中作此詩。**43**

從這兩首詩句中「晚酒一兩杯，夜棋三數局」、「花下放狂衝黑飲，燈前起坐徹明棋」來看白居易，這固然有官場失意，以下棋消憂的原因，但同時也是社會風氣、文化時尚影響的結果。當時圍棋成為一種高雅的藝術，會下圍棋與否，便成為

41. 白居易〈與元九書〉，清·董誥等奉敕編、清·陸心源補輯拾遺，《全唐文及拾遺》卷六七五，（台北：大化書局，1987年3月）頁3090。
42. 清聖祖御定，《全唐詩》，（北京：中華書局出版，1996年1月）13冊430卷，頁4753。
43. 清聖祖御定，《全唐詩》，（北京：中華書局出版，1996年1月）13冊438卷，頁4875。

衡量一個人藝術修養的標誌之一，一向以風雅自詡的文人，自不肯被人視為「愚拙」了。

取材自：陳正平著，《唐代游藝詩歌研究》，（台北：文津出版社，2007年1月）。第五章第一節，頁239～242。

原文語意

一、唐宣宗坐朝時，等待官員們到達時，必定等待氣息平均緩和時，然後再問他們事情。令狐綯進言推舉李遠擔任杭州刺史，皇上說：「我聽聞李遠有詩說：『長日漫漫惟有下下局棋可以消磨時光』，如此怎麼可以擔任此一官職呢？」底下的人回答說：「詩人所說的話，有些時候不是真實的。」於是先將李遠推薦至廉察單位考察是否可任，最後才允許他做官。

二、原先時，李遠因為曾經寫過這樣的詩句：「人事如同三杯酒，時光流年如同一局棋。」唐宣宗認為他不是適當的人選，不讓他出任官職，當時宰相為他進言，最後才允許他做官。

知識補帖

人們所創造出來的游藝活動，有時也會賦予不同的象徵意義。據《中國古代游藝》一書云：

圍棋棋子，分黑白兩色，黑為陰，白為陽，陰陽相交生，便可以千變萬化，衍生萬物。棋盤與棋子相配合，棋子為圓，象徵「天圓」；棋盤是方，象徵「地方」，「天圓地方」恰恰是古代中國人的宇宙觀。棋子是動的；棋盤是靜的，「天動地靜」又符合古人的運動觀。[44]

44.鄭重華、劉德增著，《中國古代游藝》，（濟南：山東教育出版社，1997年5月）頁47。

　　黑白、陰陽、靜動、天圓地方這些重要的觀念思想，與圍棋巧妙結合在一起，可見圍棋這項游藝其背後含有深厚的中國文化內涵。

　　唐玄宗時，李泌七歲以神童入宮觀見，玄宗讓張說出題，測試李泌的反應及才智。據《新唐書‧李泌傳》載：

　　帝方與燕國公張說觀奕，因使說試其能，說請賦「方圓動靜」，泌逡巡曰：「願聞其略。」說因曰：「方若棋局，圓若棋子，動若棋生，靜若棋死。」泌即答曰：「方若行義，圓若用智，動若騁材，靜若得意。」說因賀帝得奇童。[45]

　　由此文可見一個小小的圍棋，竟包含有古人對於天地萬物的哲理，李泌之所以稱「奇」，除了精明快捷的反應力，更是一語道破天機。

　　崔樂泉《圖說中國古代游藝》一書云：

　　被人們形象地比喻為黑白世界的圍棋，是我國古人所喜愛的娛樂游藝活動，同時也是人類歷史上最悠久的一種棋戲。由於它將科學、藝術和競技三者融為一體，有著發展智力、培養意志品質和機動靈活的戰略戰術思想意識的特點，因而，幾千年來長盛不衰，並逐漸發展成為一種國際性的文化游藝活動。[46]

　　崔氏所言甚是，圍棋結合了多項的特點，怡情意志、發展智力、機動靈活，以及深刻的文化內涵，承傳數千年而不衰，並逐漸發展成為一種國際性的文化游藝活動。

　　筆者認為圍棋游藝活動之所以能流傳如此久遠，除了上述的特點及情況之外，還有以下幾點特質：一、易學而難工，其棋法佈局可以千變萬化，乃至無窮，具有相當的創造性和挑戰性。二、下棋時動靜謀略的安排、考量和謹慎的思考，具有啟

---

45. 宋‧歐陽修、宋祁撰，《新唐書》〈李泌傳〉，楊家駱主編，（台北：鼎文書局，1992年1月）頁4632。
46. 崔樂泉著，《圖說中國古代游藝》，（台北：文津出版社，2002年12月）頁177～178。

發的意涵,從謀略中充滿益智,從益智中興發趣味。三、唐人將圍棋視為文化素養的一項指標,人品的高低從棋品的好壞來評斷,與社會風尚和圍棋所具有的特質及迷人之處有密切的關係。

取材自:陳正平著,《唐代游藝詩歌研究》,(台北:文津出版社,2007年1月)第五章第一節,頁252~254。

07　好友間的嘲諷

　　俗語說：「在家靠父母，出外靠朋友」，除了父母、親人之外，朋友在人生中相當重要，所謂「四海一家」，「四海之內，皆兄弟也」。好朋友在一起可以稱兄道弟，無話不說，可以惺惺相惜，可以互相賞識，也可以互相吹捧，當然也可以嘻笑嘲諷一番，只要不傷大雅，不要破壞了兩人間的情感，都是可以被接受的。

　　好友間在一起彼此瞭解個性，性情相近、品味相投，開開玩笑，在文人間是常有的事。唐人呂溫，曾有一詩〈嘲柳州柳子厚〉：

　　柳州柳刺史，種柳柳江邊。柳管依然在，千秋柳拂天。[47]

　　柳子厚即是大名鼎鼎的柳宗元，然而，在元和十年時，柳宗元被貶為柳州刺史，一時之間江嶺間為進士者，走數千里，從宗元遊。經過他指導教授者，為文辭皆有法，世號「柳柳州」。呂溫與柳宗元兩人之間深厚的情誼，可能就是在這段期間所建立。此詩〈嘲柳州柳子厚〉詩意簡單，「柳州柳刺史，種柳柳江邊」被貶

47.清聖祖御定，《全唐詩》，（北京：中華書局出版，1996年1月）25冊870卷，頁9857。

至柳州的柳刺史，在柳江邊上種起柳樹，短短十字中用了四個柳字，「柳管依然在，千秋柳拂天。」詩最後兩句說明種下的柳條，管管歷歷分明，依舊佇立在江邊，隨著秋風舞動拂仰天際。

柳宗元不幸被貶為柳州刺史，在柳州江邊上種下柳樹，柳宗元、柳州、柳樹因緣際會，多麼地巧合，所謂的「無巧不成書」。所以好朋友呂溫才會寫了這首詩來嘲諷他，雖說是嘲諷詩，卻多少帶點依依不捨的心情，從「柳管依然在，千秋柳拂天」句中，可以看出有「物是人非」的感覺，當時柳刺史所種的柳樹，如今依舊佇立在江邊，隨著秋風舞動拂仰天際，所感傷的是人已經不在了。

詩人小傳

呂溫，字和叔，一字化光，河中人。貞元年末，考中進士，因與王叔文善交，再升遷為左拾遺。以侍御史官職出使吐蕃，到了元和元年間才回來。柳宗元等皆坐罪叔文而被貶官，只有呂溫獨免。後來又擔任戶部員外郎，與竇群、羊士諤等人相交。群為御史中丞，推薦呂溫擔任雜事，士諤當時為御史，宰相李吉甫持之不報，呂溫乘機間奏李吉甫的壞事。詰辯時皆趨於劣勢，被貶為均州刺史，議者不滿足，最後再貶道州。久之，遷徙衡州而卒。集十卷，內詩二卷，今編詩二卷。（據《全唐詩》作者小傳）

柳宗元，字子厚，河東人。登進士第，應舉宏辭，授校書郎，調藍田尉。貞元十九年，為監察御史裏行，王叔文、韋執誼用事，尤奇待宗元，擢尚書禮部員外郎。會叔文敗，貶永州司馬。宗元少精警絕倫，為文章雄深雅健，踔厲風發，為當時流輩所推仰。既罹竄逐，涉履蠻瘴，居閒益自刻苦，其堙厄感鬱，一寓諸文，讀者為之悲惻。元和十年，移柳州刺史，江嶺間為進士者，走數千里，從宗元遊。經指授者，為文辭皆有法，世號柳柳州。元和十四年卒，年四十七。集四十五卷，內詩二卷，今編為四卷。（據《全唐詩》作者小傳）

柳子厚

文章高古對壘於韓
詩詞精妙獨步藝壇

深入思考

一、柳樹在中國文學中還有何象徵意涵？

二、從此首詩中可以看出兩人的交情為何？

三、俗諺說：「天上最美的是星星，人間最美的是友情」，請說明友情在人生中的重要性。

推薦閱讀

白居易〈編集拙詩成一十五卷，因題卷末，戲贈元九、李二十〉：

一編長恨有風情，十首秦吟近正聲。每被老元偷格律，（元九向江陵日，嘗以拙詩一軸贈行，自後格變。）苦教短李伏歌行。（李二十常自負歌行，近見予樂府五十首，默然心伏。）

世間富貴應無分，身後文章合有名。莫怪氣粗言語大，新排十五卷詩成。**48**

白居易戲贈好朋友元九及李二十，元九即是元稹，他是著名小說《會真記》的作者，詩歌雖然比不上白居易，但是小說也寫得不錯。詩中「每被老元偷格律」是指元稹在作詩的立意、措辭、風格等多方面，都受到白居易的啟發及影響，他們兩人詩歌在當時就相當出名，被號稱「元白體」，對後代詩歌的發展有很重要的影響。詩中「苦教短李伏歌行」，短李指李紳，著名的憫農詩作者，是元、白的好友，為人短小精悍當時人叫他「短李」。李紳在元稹、白居易提倡新樂府之前寫了〈新題樂府〉二十首（已失傳）送給元稹，元稹和作了十二首。白居易看了之後創作五十首，題名為〈新樂府〉。李紳經常自認自己的那二十首〈新題樂府〉寫得很好，可是看了白居易的五十首〈新樂府〉後，感到實在不如，十分佩服。這就是白居易詩中所說的「苦教短李伏歌行」。

李白〈戲贈杜甫〉：

飯顆山頭逢杜甫，頂戴笠子日卓午。借問別來太瘦生，總為從前作詩苦。**49**

48.清聖祖御定，《全唐詩》，（北京：中華書局出版，1996年1月）13冊439卷，頁4895。
49.清聖祖御定，《全唐詩》，（北京：中華書局出版，1996年1月）6冊185卷，頁1892。

知識補帖

賀知章的〈詠柳〉（一作〈柳枝詞〉）詩：

碧玉妝成一樹高，萬條垂下綠絲條。不知細葉誰裁出？二月春風似剪刀。

賀知章這首〈詠柳〉詩，主要是描寫柳樹的姿態，是歷來傳頌膾炙人口的名詩，詩中將柳樹的外形，描繪得鮮活生動歷歷在目。柳葉的顏色以「碧玉」來形容，翠綠鮮活欲滴，柳條有如萬條垂下的「綠絲」，萬條綠絲在風中舞動，視覺描寫發揮到了極致，令人有目不暇給的感覺。接著，用擬人化的手法，化身妝扮成一棵樹的高度，垂下萬條輕盈飛揚的綠絲，精彩生動地將她說成是一個婀娜多姿的美少女，想像力豐富，令人佩服。

最後兩句，「不知細葉誰裁出？二月春風似剪刀。」詩人從柳葉外形又聯想到：柳樹那細細細長長的葉子是誰的傑作呢？所有植物中，柳葉的形狀是最特別，細細長長地，難不成是二月的春風就像一把鋒利輕盈的剪刀，在柳樹上飛舞穿梭，細心巧妙地剪出這些隨風輕盈飛揚的柳葉嗎？以二月春風比喻剪刀，的確是天外飛來一筆，比喻貼切又巧妙。賀知章這出奇的一問一答，令所有的讀者都會心一笑了。答案就在大自然裡，奇妙的造化神工，的確是令人嘆為觀止，真是妙不可言啊！

《詩經》「小雅」「采薇」篇，第六章：

昔我往矣，楊柳依依；今我來思，雨雪霏霏。
行道遲遲，載渴載饑。我心傷悲，莫知我哀。

白話語意：
想起我離開家鄉的時光，綠意的楊柳啊輕輕飄蕩；如今我走回熟悉的家鄉，卻是雪花紛紛飛揚的情景。

我慢騰騰地一路走來，飢餓和口渴煎熬著我的肚腸。我的內心多麼悽慘及悲哀，有誰能知道我的憂傷和痛苦。

賞析：

此詩描寫戍卒生活的詩，描寫戍守邊疆的士兵久歷艱辛困苦的生活，最後終於得勝歸來，然而物換星移，時序轉變，而引發觸景傷情之悲，因此在歸途中追述戍守邊疆作戰時艱辛困苦的情況，充分反映出征人悲苦無奈的心情寫照。

第六章的詩句，描寫士卒歸途撫今追昔，因景物轉變、人事已非而更加悲傷，這最後的八句詩最為感人，成為幾千年來傳誦的名句。詩人因歸途的景物改變，回憶起來時的風光，離開時是楊柳綠意盎然明麗的春日，回家鄉時卻是大雪紛飛酷寒嚴冬景象，因此無限感觸都因這一回憶鮮活了起來，「行道遲遲，載渴載饑」詩句，描寫回家時路途是如此的遙遠、漫長，路途中又渴又饑又累的困頓情景，而「楊柳依依」與「雨雪霏霏」形成強烈對比，一是風光明媚的春天，另一則是酷寒的嚴冬，心情上的哀悽、無奈、悲痛、傷感，更是無人可知，無人明瞭啊！加上這首詩歌音節的律動，讓真實情景和動人的音節，構成強烈的感人力量。

參考取材自：《中國文學欣賞全集》第二冊《詩經》〈采薇〉篇，第232～233頁。

08　田中自己長出稻米來？

　　中國自古以來以農立國，農業生活與人們的生活息息相關，所有的農作物都從大地滋長而來，所以自古以來對於大地的崇敬，可以說是從來沒有間斷過。而大地的耕耘者——農夫，也是一項偉大而神聖的工作。

　　唐代詩人李紳的古風〈憫農〉，二首之二：「鋤禾日當午，汗滴禾下土。誰知盤中飧，粒粒皆辛苦。[50]」傳說這首詩被當時某詩人見到後說：「此人有如此胸襟，將來必會當宰相。」後來，李紳果真當過一段時間的宰相。此詩歷來膾炙人口，成為體恤農民辛勞，珍惜糧食資源重要的代表作，淺顯通俗易懂，連小孩也朗朗上口。

　　李紳，字公垂，是元和元年（806年）的進士，為人短小精悍，當時人叫他「短李」。唐穆宗時作過翰林學士。官位雖然不高，也因為這首詩而留名千秋。清代朱柏廬〈治家格言〉中也說道：「一粥一飯當思來處不易，半絲半縷恆念物力唯艱。」亦是勉勵我們珍惜資源物資，這些物資都是許多人的艱辛困苦而來，所以不要有任何的浪費。

　　但是，每一個人出生背景不一，生活經驗也不一樣，許多事情除非自己親身經歷過，否則在認知與感受上皆無法感同身受，唯有身歷其境才能真實感受，用言語或耳聞，實在無法真實傳達。像鄉下人進城，如劉姥姥進入大觀園充滿驚奇；反之，都市人入鄉村，一樣四肢不勤，五穀不分，以為鳳梨長在樹上，花生是從樹上摘下來的，真是會令人啼笑皆非。

　　唐詩人顏仁郁有一首〈農家〉詩，正是描寫「吃米不知米價」、「田中自己長出稻米來」的「都市鄉巴佬」，其詩云：

50.清聖祖御定，《全唐詩》，（北京：中華書局出版，1996年1月）15冊483卷，頁5494。

夜半呼兒趁曉耕，羸牛無力漸艱行。

時人不識農家苦，將謂田中穀自生。[51]

從此詩的描寫大有「晉惠帝食肉粥」之感慨，詩中寫到夜半呼兒要趁著清晨時下田耕種，筆者想起小時候家中務農，若有農事要忙，一大早天還沒亮，就和爺爺、叔叔、家人起床下田幹活，所謂「早起的鳥兒有蟲吃」清早幹活，清爽陰涼，避免日上三竿的酷熱，這是大多數農家生活的寫照。「羸牛無力漸艱行」，羸弱的牛無力地拖著犁漸漸愈走愈艱辛困苦。最後兩句「時人不識農家苦，將謂田中穀自生。」寫出時人不瞭解農家的辛苦，還說田中自己長出稻米來，真是令人啼笑皆非。

社會越發達，人們的分工就會越來越細，生活在大都會的都市叢林，到處都是水泥、磚瓦、柏油路，一幢幢的高樓大廈，難得有機會腳踩泥土，親近大地吻吻泥土的芬芳與清新，於是有人在郊區開發農地，成立農地出租，還吸引許多所謂的「假農民」，利用假日時下田耕種，勞動一下筋骨與土地大自然為伍，加上近年來有機蔬果健康飲食的觀念受到重視，親近田園，體驗農家生活享受自食其力栽種的蔬果，這種感覺真好。

51.清聖祖御定，《全唐詩》，（北京：中華書局出版，1996年1月）22冊763卷，頁8665。

詩人小傳

顏仁郁，字文傑，泉州人，曾經擔任王審知的幕僚，為歸德場長。詩二首。
（據《全唐詩》作者小傳）

深入思考

一、俗語說：「民以食為天」如果沒有農夫，將會是怎樣的局面？
二、現代化的社會人人分工合作，農夫在現代社會的角色為何？
三、現代農夫最怕的事是什麼？

推薦閱讀

鄭板橋〈范縣署中寄舍弟墨第四書〉：

十月二十六日得家書，知新置田獲秋稼五百斛，甚喜。而今而後，堪為農夫以沒世矣。要須制碓、制磨、制篩羅簸箕、制大小掃帚、制升斗斛。家中婦女，率諸婢妾，皆令其習春揄蹂簸之事，便是一種靠田園長子孫氣象。天寒冰凍時，窮親戚朋友到門，先泡一大碗炒米送手中，佐以醬薑（薑）一小碟，最是暖老溫貧之具。暇日咽碎米餅，煮糊塗粥，雙手捧碗，縮頭而啜之，霜晨雪早，得此周身俱暖。嗟乎！嗟乎！吾其長為農夫以沒世乎！

我想天地間第一等人，只有農夫，而士為四民之末。農夫上者種地百畝，其次七八十畝，其次五六十畝，皆苦其身，勤其力，耕種收穫，以養天下之人。使天下無農夫，舉世皆餓死矣。吾輩讀書人，入則孝，出則弟，守先待後，得志澤加於民，不得志修身見於世，所以又高於農夫一等。今則不然，一捧書本，便想中舉、中進士、作官，如何攫取金錢、造大房屋、置多田產。起手便錯走了路頭，後來越做越壞，總沒有個好結果。其不能發達者，鄉里作惡，小頭銳面，更不可當。夫束修自好者，豈無其人。經濟自期，抗懷千古者，亦所在多有。而好人為壞人所累，遂令我輩開不得口，一開口，人便笑曰：「汝輩書生，總是會說，他日居官，便不

如此說了。」所以忍氣吞聲，只得捱人笑罵。工人制器利用，賈人搬有運無，皆有便民之處。而士處於民大不便，無怪乎居四民之末也！且求居四民之末而亦不可得也！

愚兄平生最重農夫，新招佃地人，必須待之以禮。彼稱我為主人，我稱彼為客戶，主客原是對待之義，我何貴而彼何賤乎？要體貌他，要憐憫他。有所借貸，要周全他。不能償還，要寬讓他。嘗笑唐人七夕詩，詠牛郎織女，皆作會別可憐之語，殊失命名本旨。織女，衣之源也，牽牛，食之本也，在天星為最貴。天顧重之，而人反不重乎！其務本勤民，呈象昭昭可鑒矣。吾邑婦人，不能織綢織布，然而主中饋，習針線，猶不失為勤謹。近日頗有聽鼓兒詞，以鬥葉為戲者，風俗蕩軼，亟宜戒之。

吾家業地雖有三百畝，總是典產，不可久恃。將來需買田二百畝，予兄弟二人，各得百畝足矣，亦古者一夫受田百畝之義也。若再多求，便是佔人產業，莫大罪過。天下無田無業者多矣，我獨何人，貪求無厭，窮民將何所措足乎！或曰：「世上連阡越陌，數百頃有餘者，予將奈何？」應之曰：「他自做他家事，我自做我家事，世道盛則一德遵王，風俗偷則不同為惡，亦板橋之家法也。」哥哥字。

取材自：《鄭板橋家書》

知識補帖

中國人歷來重視家庭教育，而古今著名的家訓、家書等的名人治家之道，都深具參考價值，足供關心孩子成長的父母借鑑。

中國古代著名家訓

作者	顏之推	朱柏廬	鄭板橋	曾國藩
書名	《顏氏家訓》	《朱子治家格言》	《板橋家書》	《曾國藩家書》
簡介	本書分七卷二十篇，是顏之推給後代子孫如何治家、待人、處事及作文的範本。	教子孫「勤儉治家、安份守己」之道。	十六封家書均是寫給堂弟鄭墨，內容包括談讀書、論詩文、敘家常。	寫給兩個兒子：紀澤和紀鴻。內容包括個人生活作息、立身修業、治家理政，尤其嚴格督促課業。
舉例	如： 「父子之嚴，不可以狎；骨肉之愛，不可以簡。簡則慈孝不接，狎則怠慢生焉。」〈教子第二〉 「人生小幼，精神專利，長成已後，思慮散逸，固須早教，勿失機也。」〈勉學第八〉	如： 「一粥一飯，當思來處不易。」 「宜未雨而綢繆，毋臨渴而掘井。」 「見富貴而生讒容者，最可恥；遇貧窮而作驕態者，賤莫甚。」 「人有喜慶，不可生妒忌心；人有禍患，不可生喜幸心。」 「處世戒多言，言多必失。」	如： 「讀書宜勤懇勿懈，看書宜細心有恆。」 「書要緊處，摘錄讀書日記簿。有費解處，另紙摘出，求解於先生。」 「閱書時見有切於實用之句，宜隨手摘錄，若能分門別類，積成句冊，作文時宜可作材料，利益無窮也。」	如： **勤儉惜福** 如「勤儉自持，習勞習苦，可以處樂，可以處約。」 **不求世宦** 如「凡人多望子孫為大官，余不願為大官，但願為讀書明理君子。」

第三篇

精彩故事的款款衷情

01　人面桃花相映紅

　　崔護的〈題都城南莊〉詩句中「人面桃花相映紅」膾炙人口，流傳千載。在風光明媚秀麗的春天裡，粉紅美麗嬌艷動人的桃花，在春風的舞動下格外迷人，再有一名花下女子，帶著羞怯胭紅的臉頰與舞動的桃花相輝映，充滿無限浪漫情懷。這首迷人的詩背後有一個動人的愛情故事。據孟棨的《本事詩》中載：

　　博陵崔護，姿質甚美，而孤潔寡合。舉進士下第。清明日，獨遊都城南，得居人莊。一畝之宮，而花木叢翠，寂若無人。扣門久之，有名女子自門縫窺之，問曰：「誰耶？」以姓字對曰：尋春獨行，酒渴求飲。女入以杯水至，開門設床命坐，獨倚小桃斜柯佇立，而意屬殊厚，妖姿媚態，綽有餘妍。崔以言挑之，不對，目注者久之。崔辭去，送至門，如不勝情而入。崔亦眷盼而歸，嗣后絕不復至。及來歲清明日，忽思之，情不可抑，徑往尋之。門牆如故，而已鎖扃之。因題詩於左扉曰：「去年今日此門中，人面桃花相映紅。人面不知何處去，桃花依舊笑春風。」後數日，偶至都城南，復往尋之。聞其中有人哭聲，扣門問之，有老父出曰：「君非崔護耶？」曰：「是也」，又哭曰：「君殺吾女」護驚起，莫知所答。老父曰：「吾女笄年[1]知書，未適人。自去年以來，常恍惚若有所失。比日與之出，及歸，見左扉上有題字，讀之，入門而病，遂絕食數日而死。吾老矣，此女所以不嫁者，將求君子以托吾身，今不幸而殞，得非君殺之耶？」又持崔護大哭。崔亦感慟，請入哭之。尚儼然在床，崔舉其首，枕其股，哭而祝曰：「某在斯！某在斯！」須臾開目，半日復活矣，父大喜，遂以女歸之。[2]

---

1. 笄年：笄，音ㄐㄧ，古時女子十五歲才梳頭，插簪子，叫做「及笄之年」。
2. 唐・孟棨撰，《本事詩》，收錄在《唐五代筆記小說大觀》下，（上海：上海古籍出版社，2000年3月）頁1243。

　　這則感人的故事悲中帶喜，人面桃花的女子最後嫁給了崔護，崔護的〈題都城南莊〉這首詩：

　　去年今日此門中，人面桃花相映紅。人面不知何處去，桃花依舊笑春風。[3]

　　也因此流傳不朽，感動著世世代代的人們。

　　人類的情感真是奇妙，明明只有一面之緣，卻可以牽腸掛肚、朝思暮想，甚至魂縈夢牽、死心塌地。筆者曾讀過一詩句，卻一直找不到出處，詩句云：「只緣感君一回顧，使我思君朝與暮」，那一回首，便叫人思君朝與暮。崔護與這名的桃花女子春日的相遇，那種當下的驚豔、觸電、心靈被撞擊的剎那，激出情愛的火花，一直點染佔據桃花女子的內心，南朝樂府詩中有〈作蠶絲〉：「春蠶不應老，晝夜常懷絲。何惜微軀盡，纏綿自有時。」[4]，無盡的思念澎湃洶湧而至，真叫人無法承受。如同金・元好問動人的詞：「恨人間情是何物？直教人生死相許」[5]，桃花女子因為愛慕、思念、絕食、生病而去世，幸好崔護的及時趕來，真誠至性感動了上天吧！最後桃花女子慢慢甦醒，老父親大為欣喜，將女兒嫁給崔護，成就了一件好事。

3. 清聖祖御定，《全唐詩》，（北京：中華書局出版，1996年1月）11冊368卷，頁4148。
4. 宋・郭茂倩編，《樂府詩集》，收錄在王雲五主編《國學基本叢書四百種》，（台北：台灣商務印書館，1968年9月）頁592。
5. 楊家駱主編，《新校元遺山箋注》，金・元好問〈邁陂塘〉，（台北：台灣商務印書館，1982年4月）頁374。

詩人小傳

崔護，字殷功，博陵人。貞元十二年進士及第，最後官職為「嶺南節度使」。有詩六首。（據《全唐詩》作者小傳）

深入思考

一、這個故事帶給你什麼感受或啟發？

二、所謂「精誠所至，金石為開」，感動天地的愛情故事還有哪些？就你所知請舉例說明之。

三、對於桃花女子只見一面的情愛，所謂的「一見鍾情」你相信嗎？請說明。

四、喜歡、欣賞、仰慕和愛，都具有不同層次的意涵，就你的感受加以說明。

推薦閱讀

張愛玲的〈愛〉

請參考：張愛玲，《流言》，（台北：皇冠文學出版社，1993年11月）頁77～78。

原文語意

博陵人崔護，姿質甚美，但是孤潔很少與人往來。參加科舉考試落榜，在清明時節，獨自一人遊都城南，到了一個有人住的村莊。見有一戶人家花木扶疏寧靜幽雅像似無人一般。崔護敲門許久，有一名女子從門縫窺之，問是誰？崔護便回答姓名，並說獨自一人尋春，因為口渴向你求杯水酒解渴。女子於是以杯水招待，開門邀請他入座後，獨自一人斜依在小棵的桃花樹下，害羞含蓄、姿態優美、氣度從容自在、綽約風韻十分迷人。崔護想以言語挑逗她，她卻沒有回答，只是雙眼注視崔護良久。後來崔護辭別，女子送至門口，女子含情脈脈、依依不捨而入。崔護也滿懷期盼而歸，最後便不再去。到了隔年的清明節，忽然想起這件事，情緒湧上心頭，便前往找尋，門牆依舊，但是門已經上鎖，崔護只能無奈的在門左上題詩：

「去年今日此門中，人面桃花相映紅。人面不知何處去，桃花依舊笑春風。」經過數天後，偶然到都城南，又再一次尋找。聞其中有人哭聲，敲門問之，有一老人出門說：「你是崔護嗎？」崔護回答：「是的。」，老人又哭著說：「你殺了我女兒。」崔護驚起，不知要如何回答。老人說：「我的女兒到了成年，知書達禮，尚未嫁人。自從去年以來，常常恍恍惚惚，若有所失。前幾天外出回來時，看見門左邊上有題詩，讀了之後進家門便生病了，後絕食幾天，便去世了。我已經老了，我的女兒不嫁原因，是希望找到好郎君以便照顧我，如今不幸而去世，難道不是你殺了她嗎？」又對著崔護大哭起來。崔護也悲痛不已，請求進入哭弔。女子尚儼然在床上，崔護舉起她的頭，抱在懷裡而哭說：「我在這裡！我在這裡！」過不久之後，女子眼睛慢慢張開，半天之後復活了，老人大為欣喜，於是將女兒嫁給了崔護。

知識補帖

《太平廣記》云：

初護舉進士不第，清明獨遊都城南，得村居。花木叢萃，叩門久。有女子自門隙問之，對曰：尋春獨行，酒渴求飲。女子啟關，以盂水至。獨倚小桃柯佇立，而意屬殊厚。崔辭〔去〕（起），送至門。如不勝情而入，後絕不復至。及來歲清明，徑往尋之，戶扃無人，因題此詩于左扉。後數日，復往尋之，有老父出曰：吾女笄年，知書，未適人。自去年已來，常恍惚若有所失。比日與之出，及歸，見左扉有字，讀之。入門而病，遂絕食，數日死。得非君耶，殺吾女。持崔大哭。崔感慟，請入臨，見其女儼然在床。舉其首，枕其股，哭而祝曰：某在斯。須臾，開目復活。老父大喜，遂以女歸之。

取材自：《太平廣記》。

02　紅豆的故事

　　一講到紅豆，筆者的學生們，時下的年輕朋友，很自然地就想起王菲的〈紅豆〉這首流行歌曲，王菲輕柔美妙的歌聲款款唱出，別有一種淡淡地傷感，這裡的紅豆是可以煮成紅豆湯的紅豆，歌詞中說：「還沒為你把紅豆／熬成纏綿的傷口／然後一起分享／會更明白，相思的哀愁」運用比喻將紅豆熬成纏綿的傷口，然後一起分享，會更明白，相思的哀愁。以紅豆比喻成相思的哀愁，顯然跟紅豆代表相思的意涵有密切的關係。講到紅豆與相思，一定會想起王維著名的〈相思〉詩：

　　紅豆生南國，春來發幾枝。願君多採擷，此物最相思。**6**

　　王維此首〈相思〉詩膾炙人口，流傳千古，連孩童也能朗朗上口，成為家喻戶曉的名篇佳作。紅豆很容易讓人誤以為是平常一般可以吃的「紅豆」，其實是不同的。詩中的紅豆一名「相思子」，今名為「紅豆樹」，常綠喬木，樹皮和葉片呈青黑色，四時不凋，春天開白色或淡紅色的花。鮮紅色的種子「結子纍纍如綴珠」，形如心形似食用紅豆，但是較大，故名「紅豆」，乾後非常的堅硬。
　　關於相思樹、紅豆有很多的傳說故事：

　　宿昔之間，便有大梓木生于二冢之端，旬日而大盈抱，屈體相就，根交于下，枝錯于上。又有鴛鴦，雌雄各一，恒棲樹上，晨夕不去，交頸悲鳴，音聲感人。宋人哀之，遂號其木曰「相思樹」。相思之名，起于此也。**7**

---

6. 清聖祖御定，《全唐詩》，（北京：中華書局出版，1996年1月）4冊128卷，頁1305。
7. 晉・干寶撰，《搜神記》，（台北：里仁書局，1982年9月）頁142。戰國宋國韓憑夫妻殉情而死，使里人埋之，冢相望也。王曰：「爾夫妻相愛不已，若能使冢合，則吾弗阻也。」

　　戰國時，衛國苦秦之難，有民從征，戍秦不返，其妻思之而卒。既葬，冢上生木，枝葉皆向夫所在而傾，因謂之「相思木」。[8]

　　按《古今詩話》云，相思子圓而紅。故老言：「昔有人沒于邊，其妻思之，哭于樹下而卒，因以名之。」此與韓憑冢上相思樹不同，彼乃連理梓木也。或云即海紅豆之類，未審確否。[9]

　　以上這三則的記載，講述了兩則故事，明朝的李時珍分辨了「相思樹」與「紅豆樹」的不同。其中第二則記載，是一個淒美動人的傳說故事，相傳有男子被徵召至邊城從事勞役工作，許久不歸，因工作繁重加上思念妻子及家鄉，導致積勞成疾，最後不幸客死異鄉，其妻聽聞後哀痛不已、思念深切，在此樹下天天以淚洗臉，哀痛欲絕，最後悲傷過度、抑鬱而終，後來此樹被稱為「相思木」，而鮮紅的種子，被稱為「相思子」，傳說便是這位妻子哭泣的淚珠所化成的。

　　這是一則令人十分動容的傳說故事，姑且不論傳說的真假，不知何人曾經說過：「傳說有時比歷史更真實」，傳說融入了人們真實的情感、渴望、心願，還有令人悲淒的情懷，因而引人入勝，扣人心弦，這便是許多傳說故事歷久不衰的原因。

　　關於「紅豆」，早在唐代就有了記載，據唐·李匡義《資暇集》中載：

　　豆有圓而紅、其首烏者，舉世呼為相思子，即紅豆之異名也。其木，斜斫之則有文，可為彈博局及琵琶槽。其樹也，大株而白枝，葉似槐，其花與皂莢花無殊。其子若扁豆，處於匣中，通身皆紅。李善云：「其實赤如珊瑚」，是也。[10]

　　說明紅豆又名「相思子」，也介紹其樹的樣子。此外，明代著名的旅遊家徐霞

8. 梁·任昉《述異記》（板橋：藝文出版社，1966年）。
9. 明·李時珍《本草綱目》卷35木部，收錄在王雲五主編《國學基本叢書四百種》，（台北：台灣商務印書館，1968年9月）頁68。
10. 唐·李匡義《資暇集》（台北：新文豐出版公司）。

客，遊歷至廣西時，曾經見過這種相思樹豆，也向人家索取了一些相思豆，《徐霞客遊記》記載：

> 相思豆樹高三四丈，有莢如皂莢而細，每枝四五莢，如攢一處，長一寸而大僅如指。子三四粒綴莢中，冬間莢老裂為兩片，盤縮如花朵，子猶不落。其子如豆之細者而扁，色如點朱，珊瑚不能比其彩也。余索的合許。[11]

由上面這兩則的記載，已經很翔實的紀錄紅豆之所為何物，因為千年來流傳的故事，讓這顆小小的紅豆有了不同的意涵，紅豆與相思就緊密的結合在一起。曹雪芹著名的《紅樓夢》中有林黛玉所寫〈紅豆詞〉：

> 滴不盡相思血淚拋紅豆
> 開不完春柳春花滿畫樓
> 睡不穩紗窗風雨黃昏後
> 忘不了新愁與舊愁
> 咽不下玉粒金波噎滿喉
> 瞧不盡鏡裡花容瘦
> 展不開眉頭　捱不明更漏
> 展不開眉頭　捱不明更漏
> 呀……呀……
> 恰似遮不住的青山隱隱
> 流不斷的綠水悠悠[12]

---

11. 明・徐宏祖《徐霞客游記・粵西游日記四》，（台北：世界書局印行，1999年2月）頁247。
12. 清・曹雪芹、高鶚原著，《紅樓夢校注》（台北：里仁書局，1984年4月）頁441。第28回，「蔣玉菡情贈茜香羅，薛寶釵羞籠紅麝串」，寫賈寶玉、馮紫英、雲兒、薛蟠、蔣玉菡飲酒行酒令的故事。《紅樓夢》裡的紅豆曲，是賈寶玉為鸚兒慶生在酒宴上演唱的「曲兒」之歌詞。1943年劉雪庵為朱彤的話劇《紅樓夢》編寫插曲，劉小燕演唱，1947年灌錄成唱片，由百代唱片出版，至今已成經典文藝歌曲。參考網站：http://blog.udn.com/m100227459/5652627

　　詞中著名的詞句「滴不盡相思血淚拋紅豆，開不完春柳春花滿畫樓」寫來深刻動人，亦是以相思血淚的紅豆為喻。

　　除了王維的〈相思〉詩之外，唐人的詩歌裡，也有幾首描寫到紅豆。如唐‧韓偓的雜言詩〈玉合〉一詩：

　　羅囊繡兩鴛鴦，玉合雕雙鸂鶒。中有蘭膏漬紅豆，每回拈著長相憶。長相憶，經幾春。人悵望，香氤氳。開緘不見新書跡，帶粉猶殘舊淚痕。[13]

　　詩中寫到「中有蘭膏漬紅豆，每回拈著長相憶」，也是扣住長相憶和紅豆思念的意涵。再如牛希濟〈生查子〉二首之二中云：

　　新月曲如眉，未有團圝意。紅豆不堪看，滿眼相思淚。終日劈桃穰，人在心兒裡。兩朵隔牆花，早晚成連理。[14]

　　詞中寫到「紅豆不堪看，滿眼相思淚」，不堪看的紅豆，怕睹物思人，思念的心緒一湧上，恐怕相思的眼淚早就流滿臉了。

　　一顆小小的紅豆，扁扁紅紅，卻累積了這麼多的文化意涵，凝結了故事裡的淚水相思，一代又一代，繼續感動著我們。

（2011年9月23日上網）

13. 清聖祖御定，《全唐詩》，（北京：中華書局出版，1996年1月）20冊683卷，頁7835。
14. 清聖祖御定，《全唐詩》，（北京：中華書局出版，1996年1月）25冊894卷，頁10093。

詩人小傳

　　王維（西元701～761），字摩詰。原籍太原祁（今山西省祁縣），其父遷居蒲州遂為河東（今山西省永濟縣）人。與弟縉俱有俊才。玄宗開元九年（西元721）中進士，累官至尚書右承，精專詩歌，也精通音樂和繪畫，宋・蘇軾〈書摩詰藍關煙雨圖〉稱讚：「味摩詰之詩，詩中有畫；觀摩詰之畫，畫中有詩。」詩與孟浩然齊名，稱「王孟」，是田園詩派的代表人物。晚年，得宋之問輞川別墅，山水絕勝。與道友裴迪，浮舟往來，彈琴賦詩，嘯詠終日，篤於奉佛，晚年長齋禪誦。寄心佛理，詩中表現禪趣及禪境妙理，有「詩佛」之稱。殷璠謂：「維詩詞秀調雅，意新理愜，在泉成珠，著壁成繪。」今編詩四卷。著有《王右丞集》。（據《全唐詩》作者小傳）

深入思考

一、情愛的相思，自古以來即困擾多情的人，除了「紅豆」之外，是否還有其他的東西作為相思或思念的代表呢？

二、相思樹的故事感人，你覺得具有何種意涵？

三、俗語說：「相思不是病，害起來要人命」，你覺得相思的滋味像什麼？那是一種什麼樣的感受？

推薦閱讀

溫庭筠〈南歌子詞〉二首（一作〈添聲楊柳枝辭〉）：

一尺深紅勝麹塵，天生舊物不如新。合歡桃核終堪恨，裏許元來別有人。
井底點燈深燭伊，共郎長行莫圍棋。玲瓏骰子安紅豆，入骨相思知不知。[15]

15.清聖祖御定，《全唐詩》，（北京：中華書局出版，1996年1月）17冊583卷，頁6764。

和凝〈天仙子〉：

　　柳色披衫金縷鳳，纖手輕拈紅豆弄。翠蛾雙斂正含情，桃花洞。瑤臺夢，一片春愁誰與共。洞口春紅飛蔌蔌，仙子含愁眉黛綠。阮郎何事不歸來，懶燒金。慵篆玉，流水桃花空斷續。**16**

原文語意

　　一、戰國時期的宋國韓憑夫妻殉情而死，兩人的墳塚相望，一宿夜間，便有大的梓木生於二墳塚的上端，十天之後長得巨大盈抱，彎曲的樹幹相圍繞，於下的樹根相交，枝葉錯交於上。又有鴛鴦雌雄各一隻，常常棲息在樹上，從早朝到黃昏都不願離去，雙雙交頸而發出悲鳴的聲音，音聲淒涼感人。宋國人哀悼這件事，於是稱墳塚上長出來的樹為「相思樹」。相思之名，起源於此也。

　　二、戰國時，衛國苦秦之難，有人民出征在外，戍守秦國無法回來，他的太太想念他最後思念過度而去世。埋葬之後，墳塚上長出樹木，枝葉所生長的方向都是朝著她丈夫所在地傾斜，所以就將這個樹木稱之「相思木」。

　　三、依照《古今詩話》所說，相思樹的種子圓形而紅色。老一輩的說：「從前有人在邊境的地方去世，他的太太想念他，在樹下痛哭最後去世，因此就以此命名。」這與韓憑墳塚上的相思樹不同，他的是連接在一起的梓木。或說應當是海紅豆之類的植物，未知是否正確。

知識補帖

紅豆樹

學名：Ormosia hosiei Hemsl. et Wils.

科名：豆科

16.清聖祖御定，《全唐詩》，（北京：中華書局出版，1996年1月）25冊894卷，頁10090。

別名：相思樹、花梨木

請參考：中國奇花異木http://www.chiculture.net/0205/html/b24/0205b24.html#

03　紅葉題詩的故事

　　西洋故事中有〈瓶中信〉的故事，作者將信件寫好之後，放入瓶中密封好，再投入河水中，隨著波浪流啊流飄啊飄，因緣際會得有緣人撿起瓶中信，充滿期待希望的浪漫情懷。

　　在中國的唐代，也有類似瓶中信這樣的方式，在深宮裡的宮女，以紅葉題詩隨流水飄出宮外，希望能將自己內心的情意傳達出去。據《雲溪友議》卷下〈題紅怨〉條載：

　　明皇代，以楊妃號國寵盛，宮娥皆頗衰悴，不備披庭。常書落葉，隨御溝水而流云：「舊寵悲秋扇，新恩寄早春。聊題一片葉，將寄接流人。」顧況著作，聞而和之。既達宸聰，遣出禁內者不少。或有五使之號焉。和曰：「愁見鶯啼柳絮飛，上陽宮女斷腸時。君恩不禁東流水，葉上題詩寄與誰。」盧渥舍人應舉之歲，偶臨御溝，見一紅葉，命僕搴來。葉上乃有一絕句，置于巾箱，或呈于同志。及宣宗既省宮人，初下詔，許從百官司吏，獨不許貢舉人。渥後亦一任范陽，獲其退宮人，賭紅葉而吁怨久之，曰：「當時偶題隨流，不謂郎君收藏巾篋。」驗其書，無不訝焉！詩曰：「水流何太急，深宮盡日閒。殷勤謝紅葉，好去到人間。」[17]

　　此外，在唐・孟棨的《本事詩》中亦載有紅葉題詩的故事，其云：

　　顧況在洛乘間，與一二詩友游于苑中，坐流水上得大梧葉上題詩曰：「一入深宮裡，年年不見春。聊題一片葉，寄與有情人。」況明子于上游亦題葉上放于波

17.唐・范攄撰，《雲溪友議》卷下〈題紅怨〉，收錄在《唐五代筆記小說大觀》下，（上海：上海古籍出版社，2000年3月）頁1312。

中，詩曰：「花落深宮鶯亦悲，上陽宮女斷腸時。帝城不禁東流水，葉上題詩欲寄誰？」後十餘日，有客來苑中尋春，又于葉上得詩，以示況，詩曰：「一葉題詩出禁城，誰人酬和獨含情。自嗟不及波中葉，蕩漾乘春取次行。」[18]

從以上這兩則的記載，可知後宮的宮女們，在平凡、無聊的日子裡，在紅葉上題詩以抒情懷，這些詩淺顯易懂，卻也流露出真情誼，如下載的三首詩：

舊寵悲秋扇，新恩寄早春。聊題一片葉，將寄接流人。
水流何太急，深宮盡日閒。殷勤謝紅葉，好去到人間。
一入深宮裡，年年不見春。聊題一片葉，寄與有情人。

顧況寫的和詩：

愁見鶯啼柳絮飛，上陽宮女斷腸時。君恩不禁東流水，葉上題詩寄與誰。[19]

從顧況的和詩，可以看出深宮裡的宮女，平常苦悶的日子裡，悲傷自身的處境，想到傷心時令人斷腸，還好帝城裡無法禁止溝水東流，於是「葉上題詩寄與誰」來表達內心的無奈與憂愁。結果經過十餘天，有客人來苑中尋春，又於葉上得詩，以示顧況，詩曰：

一葉題詩出禁城，誰人酬和獨含情。自嗟不及波中葉，蕩漾乘春取次行。[20]

這位宮女的詩得到了回應，「誰人酬和獨含情」雖不知何人，至少知道了我的

18.唐・孟棨撰，《本事詩》，收錄在《唐五代筆記小說大觀》下，（上海：上海古籍出版社，2000年3月）頁1238。
19.清聖祖御定，《全唐詩》，（北京：中華書局出版，1996年1月）8冊267，頁2970。此詩一作：花落深宮鶯亦悲，上陽宮女斷腸時。帝城不禁東流水，葉上題詩欲寄誰。
20.清聖祖御定，《全唐詩》，（北京：中華書局出版，1996年1月）23冊797，頁8967。

處境及情懷，自己感嘆萬千，我的身世遭遇竟然比不上波中這小小的紅葉，可以隨波蕩漾乘著春光明媚的春天，到宮外遊蕩一番。

　　紅葉上的題詩，吐露了不得人身自由的宮人的心聲，深宮裡的宮女，平常苦悶無聊的日子裡，無良人為伴或是過著與別人不一樣的生活，或是被冷落悲傷自身的處境，想到傷心時令人斷腸，還好帝城裡無法禁止溝水東流，而本來無情的紅葉，則成了替宮人傳情並與外界溝通交流的媒介。

（詩人小傳）

　　唐明皇時宮女，生平事蹟不詳。

　　顧況，字逋翁，海鹽人，肅宗至德年間的進士，擅長歌詩，個性好詼諧幽默，曾經擔任韓滉的節度判官，與柳渾、李泌等人友善。後來柳渾輔政，以「校書」職務徵召，李泌為宰相，提拔他擔任「著作郎」一職，卻鬱鬱寡歡不快樂，請求歸還，寫作詩歌語氣充滿調謔，被貶為饒州司戶參軍，最後隱居茅山，以此壽終。集二十卷，今編詩四卷。（據《全唐詩》作者小傳）

（深入思考）

　　一、紅葉題詩的故事反應出什麼的問題？

　　二、深宮中的宮女藉由紅葉題詩來表現什麼樣的情懷？

　　三、紅葉題詩中「水流何太急，深宮盡日閒。殷勤謝紅葉，好去到人間。」所展現的是一種什麼心情？

（推薦閱讀）

　　權德輿〈石楠樹〉：

　　石楠紅葉透簾春，憶得妝成下錦茵。試折一枝含萬恨，分明說向夢中人。[21]

（原文語意）

　　一、唐明皇時，因為楊貴妃夫人及其姊妹虢國夫人倍受寵愛，讓宮廷裡的娥眉都相對失色頗為憔悴，沒有受到眷顧。於是常常書寫在落葉上，隨著御溝水而流，詩上寫著：「舊時寵愛的悲如秋天的扇子被棄置，新受恩寵愛的如同早春美麗的

21.清聖祖御定，《全唐詩》，（北京：中華書局出版，1996年1月）10冊329，頁3677。

花。百般無聊只能題一片葉，將我內心的情感寄給接到此流葉的人。」當時著作郎顧況，聽聞此事而唱和之。於是將此事上稟皇帝，因而送出許多內宮的少女。贏得了「五使」的稱號。他所唱和的詩：「愁見黃鶯啼叫柳絮飛揚，上陽宮女內心斷腸時。國君恩惠不禁止東流水，葉上題詩想要寄給誰。」盧渥舍人參加科舉考試的那一年，偶然面臨御水溝，看見一紅葉，命令僕人拿來。紅葉上題有一首絕句詩，或放置於巾箱之中，或者有時候呈現給同儕朋友看。到了唐宣宗時精省宮女人數，初下詔令，允許隨從百官司吏，唯獨不許隨從貢舉人。盧渥後來亦擔任范陽官職，得到了辭退的宮人，看到紅葉而感嘆良久，說：「當時偶然題詩隨水流去，想不到卻被郎君你收藏在巾篋中。」檢驗她所寫的內容，無不訝異！詩是這樣寫的：「水流何必那麼急促，在深宮裡盡日悠閒無事。殷勤地感謝紅葉，好好去到人間。」

　　二、顧況在洛水間，與一、二位詩友游於花苑中，坐在流水上得到大梧葉上面題詩說：「一進入深宮裡，年年不見春天。只能無聊題一片葉，想要寄給有情的人。」況明子於上游也題詩於葉上放於水波中，詩上寫：「愁見黃鶯啼叫柳絮飛揚，上陽宮女內心斷腸時。國君恩惠不禁止東流水，葉上題詩想要寄給誰。」其後經過十幾天，有客人來花苑中尋春，又於葉上得詩，拿給顧況看，詩上面寫到：「一葉題詩流出禁閉的宮城，誰人與我酬和只有獨自含情。自己嗟嘆不如波中葉子，蕩蕩漾漾乘著春天流出宮外。」

知識補帖

白居易〈送王十八歸山寄題仙遊寺〉：

曾於太白峰前住，數到仙遊寺裏來。黑水澄時潭底出，白雲破處洞門開。
林間暖酒燒紅葉，石上題詩掃綠苔。惆悵舊遊那復到，菊花時節待君迴。[22]

22.清聖祖御定，《全唐詩》，（北京：中華書局出版，1996年1月）13冊437，頁4843。

04　破鏡重圓的故事

　　今日言夫妻失散多年，久別重逢為「破鏡重圓」，是源自於唐代的故事，古人情義為重，夫妻鶼鰈情深的事蹟令人動容。

　　唐‧孟棨的《本事詩》中記載了這一則感人的故事：

　　陳太子舍人徐德言之妻，後主叔寶之妹，封「樂昌公主」，才色冠絕。時陳政方亂，德言知不相保，謂其妻曰：「以君之才容，國亡必落入權豪之家，斯永絕矣。儻情緣未斷，猶冀相見，以有以信之」乃破一鏡，人執其半，約曰：「他日必以正月望日賣於都市，我當在，即以是日訪之。」及陳亡，其妻果入越公楊素之家，寵嬖殊厚。德言流離辛苦，僅能至京，遂以正月望日訪於都市。有蒼頭賣半鏡者，大高其價，人皆笑之。德言直引至其居設食具言其故出半鏡以合之乃題詩曰：「鏡與人俱去，鏡歸人不歸。無復嫦娥影，空留明月輝。」陳氏得詩，涕泣不食。素知之愴然改容即召德言，還其妻，乃厚遺之。聞者無不感嘆。仍與德言、陳氏偕飲，令陳氏作詩，曰「今日何遷次？新官對舊官。笑啼俱不敢，方驗做人難。」遂與德言歸江南，竟以終老。[23]

　　這真是一個美好結局，失而復得，破鏡得以重圓，滿足了大多數人的期待。不同時代的背景下，若遭遇到動盪不安時局，便會造成多少家庭的悲歡離合、妻離子散，常言道：「夫妻本是同林鳥，大難來時各紛飛」，這是出於無奈的災難，若遇到戰爭、兵荒馬亂、或是天災地變，誰能保證夫妻終究廝守在一起，真虧徐德言所言及所想出來的方法，最後讓夫妻可以重相聚守，應當是至誠之心的感應吧！

23.唐‧孟棨撰，《本事詩》，收錄在《唐五代筆記小說大觀》下，（上海：上海古籍出版社，2000年3月）頁1238。

徐德言所題之詩：

鏡與人俱去，鏡歸人不歸。無復嫦娥影，空留明月輝。

詩中以人與鏡連結在一起，「鏡與人俱去」形容所愛不再復見，徒留半邊的破鏡，令人睹物思情，更添悲傷無奈。如同皎潔的月宮中，無法再見到嫦娥美麗的身影，空留明月的光輝，照耀在孤單寂寞的人身上。詩句淺顯易懂，所傳達出來的情意卻深切動人。

故事最後，楊素後來知道了此事，於是召徐德言，將妻子歸還給他，並贈送貴重物品給他們。聽聞此事的人無不感嘆。後來楊素與陳氏還有徐德言一同歡聚宴飲，令陳氏作詩，詩曰：「今日何遷次？新官對舊官。笑啼俱不敢，方驗做人難。」最後陳氏與徐德言歸隱江南，以此終老。

陳氏所作詩的，詩曰：

今日何遷次？新官對舊官。笑啼俱不敢，方驗做人難。

今日這樣的處境真是太奇特了，讓我同時面對新官人還有舊官人，心中忐忑不安，欣喜地想笑或感動地想哭都不敢，這種又悲又喜交織的心情真是複雜，這時才深刻體會到做人真正難。

陳氏在這樣的處境下真是難做人，還好遇上了深明大義的新官人楊素，不僅讓他們夫妻破鏡重圓，還贈送許多東西給他們，一起歡聚宴飲，楊素的心胸遠大、氣度非凡，真是令人欽佩。

詩人小傳

徐德言，生平事蹟不詳。

深入思考

一、「破鏡重圓」故事帶給你的啟發？

二、常言道：「夫妻本是同林鳥，大難來時各紛飛」，所代表是在何種情況下的無奈？

三、對於楊素的作為，有哪些值得我們學習？

推薦閱讀

王建〈橫吹曲辭·望行人〉：

自從江樹秋，日日上江樓。夢見離珠浦，書來在桂州。
願同魚比目，終恨水分流。久不開明鏡，多應是白頭。[24]

原文語意

陳太子舍人徐德言的妻子，是後主叔寶的妹妹，被封為「樂昌公主」，才華及美貌十分動人，為當時冠絕無人可及。當時陳政正當作亂，徐德言知道夫妻將無法在一起，告訴他的妻子說：「以你的才華容貌如此出眾，國家亡滅之後，必定落入權貴之家，到時我們就永別了。假使我們倆情緣未斷，還希望能再相見，應該以信物為憑據。」於是打破了一面銅鏡，一人各拿一半，然後約定說：「他日必以正月十五賣於都市，我一定會在，就約定以那天到市集來。」不久，亂事平定了，他的妻子果真入越公楊素之家，受到十分的寵愛。徐德言流離失所，十分辛苦，僅能至

24.清聖祖御定，《全唐詩》，（北京：中華書局出版，1996年1月）1冊18，頁192。

京城，於是在正月十五日來到市集。有一位白髮蒼蒼的老婦人在市集叫喊賣半鏡，並且出了一個很高的價錢，大家都笑他。徐德言得知，請他至住所，準備酒食招待，將源由告訴他，並拿出所珍藏的半鏡，結果吻合，於是題一首詩：「鏡與人俱去，鏡歸人不歸。無復嫦娥影，空留明月輝。」老僕人將詩交給了陳氏，陳氏得詩感念不已，淚流滿面不食。楊素後來知道了此事，於是召徐德言，將妻子歸還給他，並贈送貴重物品給他們。聽聞此事的人無不感嘆。後來楊素與陳氏還有徐德言一同歡聚宴飲，令陳氏作詩，詩曰：「今日何遷次？新官對舊官。笑啼俱不敢，方驗做人難。」最後陳氏與徐德言歸隱江南，以此終老。

銅鏡

請參考：http://www.nmh.gov.tw/museum/exhibit/mirror.html

05　重節守義的窈娘

常言道：「自古紅顏多薄命」，要不然就是身世坎坷，或是遇人不淑，人們常說的：「難道美麗也是一種錯誤嗎？」女人漂亮美麗本身沒有錯，錯的是所遇的人及所處的環境時代，以及所面臨的處境。

西晉曾有綠珠為報石崇知遇之恩，不惜墜樓以死明志傳為千古佳話；唐朝也有一個相似的故事，發生在京都長安，就是後來戲曲中傳頌的「窈娘殉情報主」的故事，一樣撼動人心，不禁令人流下同情的眼淚。

唐左司郎喬知之的婢女「窈娘」，本姓孫，出身於宦官世家，先祖曾在隋朝為官，入唐後家道中落，家境雖然貧窮，窈娘卻受到了極好的教育，加上她天賦穎慧，不但知書達禮，而且能歌善舞，姿態秀麗，容貌出眾，深受長輩喜愛。成年後，窈娘被她父親好友左司郎喬知之看中，從此被收養在喬府中。

窈娘容貌清新脫俗、典雅秀麗，雖然身份介於侍婢和養女之間，卻被喬知之視為珍寶，寵愛有加，為了她沒結婚。家中若有賓客來訪，他總是請窈娘出來歌舞助興，窈娘的色藝博得滿堂讚賞。於是，窈娘的豔名不脛而走，傳遍了長安城，最後傳到了武則天侄兒武延嗣的耳中。窈娘重節守義的情操，留下了一段哀淒動人的故事。

據唐‧孟棨的《本事詩》中載：

唐武后時，左司郎中喬知之有婢名窈娘，藝色為當時第一，知之寵愛，為之不婚。武延嗣聞之，求一見，勢不可抑。既見，即留，無復還理。知之痛憤成疾，因為詩，寫以縑素，厚賂閽守以達，窈娘得詩悲惋，結于群帶，赴井而死。延嗣見詩遣酷吏誣陷知之，破其家。詩曰：「石家金谷重新聲，明珠十斛買娉婷。昔日可憐君自許，此時歌舞得人情。君家閨閣不曾難，好將歌舞借人看。富貴雄豪非分理，驕奢勢力橫相干。別君去君終不忍，徒勞掩袂傷紅粉。百年離別在高樓，一旦紅顏

為君盡。」時載初元年三月也。四月下獄，八月死。[25]

　　從此載中可知此悲慘的事件，最後犧牲了原本相知、相惜、相愛的兩條人命，令人無限哀惋與嘆息。當時武延嗣權貴的霸道、無理、蠻橫，從中表露無遺。喬知之所寫的詩曰：

　　石家金谷重新聲，明珠十斛買娉婷。昔日可憐君自許，此時歌舞得人情。君家閨閣不曾難，好將歌舞借人看。富貴雄豪非分理，驕奢勢力橫相干。別君去君終不忍，徒勞掩袂傷紅粉。百年離別在高樓，一旦紅顏為君盡。[26]

　　自己的所愛被權貴看中，一見之後便被扣留了，喬知之痛憤成疾，因而在縑素上寫了這首詩，首兩句借用石家金谷園，石崇與綠珠的故事，最後綠珠墜樓而亡的淒涼故事。如今他的遭遇，也像是這般的處境，「富貴雄豪非分理，驕奢勢力橫相干。」兩句是對權貴無奈的控訴，自己所愛的人「別君去君終不忍，徒勞掩袂傷紅粉。」兩人不忍的離別，活生生的硬是被拆散了，詩最後寫到「百年離別在高樓，一旦紅顏為君盡。」又回到石崇與綠珠的故事上，高樓離別、紅顏為君盡，也引發了窈娘赴井而死的慘痛悲劇。又令人更無奈痛心的事，武延嗣見詩之後派遣酷吏誣陷喬知之，破其家，四月下獄，八月死。

　　讀到這樣的故事，真是人神共憤，然而卻是無助、無奈又無力，武延嗣憑藉著權貴的霸道、無理、蠻橫，橫刀奪愛，讓相愛者不能長相廝守，又害死兩條人命，真是天地所不容，真希望他能受到制裁或報應。而窈娘重節守義的情操，堅定不移的情感直教我們動容，而喬知之最後的處境及遭遇，也讓我們深表痛心與無奈。

25.唐・孟棨撰，《本事詩》，收錄在《唐五代筆記小說大觀》下，（上海：上海古籍出版社，2000年3月）頁1238。
26.清聖祖御定，《全唐詩》，（北京：中華書局出版，1996年1月）3冊81卷，頁876。

詩人小傳

喬知之，同州馮翊人，與弟侃、備當時並以文詞知名，喬知之尤被稱為俊才。武則天時，累官除右補闕，後又被貶為左司郎中，最後因窈娘之事，而被武延嗣所害。有詩一卷。（據《全唐詩》作者小傳）

深入思考

一、自古紅顏多薄命，窈娘的遭遇令人不捨，此則故事帶給你什麼感受？

二、詩中「富貴雄豪非分理，驕奢勢力橫相干。」所代表的意涵為何？

三、除此故事外，請你再舉出一樣紅顏薄命的例子？

推薦閱讀

杜牧〈金谷園〉：

繁華事散逐香塵，流水無情草自春。日暮東風怨啼鳥，落花猶似墜樓人。[27]

原文語意

唐武則天后時，左司郎中喬知之有婢女名字叫做「窈娘」，才藝及美貌姿色為當時第一，喬知之非常寵愛她，甚至為了她不結婚。武延嗣聽聞這件事，請求見一次面，權貴的勢力令人無法抗拒。既見一次面，就被扣留下來，並沒有想要歸還。喬知之內心哀痛憂憤因而生病了，於是用縑素寫了一首詩，重金賄賂守門的人以送達，窈娘得到了寫在縑素上的詩悲痛哀惋，將詩結於群帶，最後投井而死。後來延嗣見到了這首詩，派遣酷吏誣陷喬知之，於是進入喬知之家搜尋。這首詩的內容是：「石家金谷重新聲，明珠十斛買娉婷。昔日可憐君自許，此時歌舞得人情。君

家閨閣不曾難，好將歌舞借人看。富貴雄豪非分理，驕奢勢力橫相干。別君去君終不忍，徒勞掩袂傷紅粉。百年離別在高樓，一旦紅顏為君盡。」當時是初元年三月也。四月時就被判有罪下獄，八月時喬知之便死了。

知識補帖

石崇與綠珠的愛情故事

西晉石崇，原為世家子弟，曾任荊州刺史，長袖善舞，結交權貴，憑著特權及地位，強取豪奪，遂至金銀如山，珍寶無數。待卸任後，於洛陽城郊金谷淵中，耗費巨資修建亭台樓閣，奇花異草，植荷養魚，命名為「金谷園」，過著奢華的日子。

在幸福的生活中，天天歌舞昇平，擁艷藏嬌，飲酒賦詩，逍遙自在，編舞曲以教綠珠，綠珠靈巧聰慧，載歌載舞，善解人意，深得石崇寵愛。

然而後來司馬倫稱帝，孫秀也水漲船高，仗著權勢強要石崇的愛妾綠珠。石崇不願，綠珠也深明大義，涕泣道：「妾當效死君前，不令賊人得逞！」話說完，即往樓下一躍，美人從此香消玉殞，讓石崇傷心不已！

孫秀原本想收捕石崇，沒其家產，並且掠得佳人歸，想不到綠珠生性貞烈，墜樓而亡，於是將怨恨及悶氣全算在司馬允餘黨身上，石崇等人被押至東市刑場，處以極刑。

石崇與綠珠死後，金谷園依舊存在，時人為了表彰綠珠忠貞的節義，稱崇綺樓為「綠珠樓」，以表示對她的懷恩。

06　袍中詩得良緣

　　男女的姻緣有時是相當奇妙的組合，有人互看不順眼最後卻成配偶；有人分分合合十多年後終成眷屬；有人不打不相識巧遇成良緣；有人像似「天上掉下來的禮物」的天賜良緣。不論如何，希望就如同常言道：「願天下有情人終成眷屬」，換一種方式而言：「能成為眷屬的都是有情人」。

　　唐代有一件特別的袍中詩而得到良緣的故事。據唐・孟棨的《本事詩》中載：

　　開元中，頒賜邊軍纊衣，制于宮中。有兵士於短袍中得詩曰：「沙場征戍客，寒苦若為眠。戰袍經手作，知落阿誰邊？蓄意多添線，含情更著綿。今生已過也，結取後身緣。」兵士以詩白于帥，帥進之。玄宗命以詩遍示六宮，曰：「有作者勿隱，吾不罪汝。」有一宮女自言萬死，玄宗深憫之，遂以嫁得詩人，仍謂之曰：「我與汝結今身緣」邊人皆感泣。**28**

　　這位宮女所寫的詩：

　　沙場征戍客，寒苦若為眠。戰袍經手作，知落阿誰邊？
　　蓄意多添線，含情更著綿。今生已過也，結取後身緣。**29**

　　從詩中可見宮女的心意，在這樣的機緣裡，宮女為遠征的士兵縫製冬衣，想到自己的身世遭遇，又想到這件戰袍是經我手所製作，會落在哪一位士兵的手中，

28.唐・孟棨撰，《本事詩》，收錄在《唐五代筆記小說大觀》下，（上海：上海古籍出版社，2000年3月）頁1239。
29.清聖祖御定，《全唐詩》，（北京：中華書局出版，1996年1月）23冊797卷，頁8966。

「蓄意多添線，含情更著綿」詩句傳達出如線綿一般
深厚的情意，「今生已過也，結取後身緣。」接下來
想到此身已過了大半，可能都要在宮中渡過，姻緣的
事大概今生無望，只能寄託下輩子。

　　後來戰袍被一位兵士拿到了，將袍中有詩的事告
訴主帥，主帥進皇宮向皇帝稟明了這件事。當時唐玄
宗命令將詩遍示六宮，說：「有作這樣詩的人千萬不
要隱瞞，出來承認我不會下罪給你。」有一宮女自言
萬死，唐玄宗深憫之，於是最後將她嫁得詩人，仍告
訴她說：「我給予你圓滿了結今身的姻緣」，讓左右
的人都感動哭泣。

　　這真是一位英名的皇帝，唐玄宗的作為讓這件事情有了一個圓滿的結局。當
然，這名女子經年累月的苦守宮中，不知縫製過多少的戰袍征衣，年年歲歲的流
逝，當青春年華不再，也的確令人感到無比的傷悲，透過了詩歌表露了她的心情與
感懷，唐人皆會作詩，從此首〈袍中詩〉在宮女的身上也得到了印證。

詩人小傳

開元時宮女，生平事蹟不詳。

深入思考

一、你覺得什麼因素決定了男女的緣分？

二、除了緣分之外，你喜歡的他（她）需要具有什麼特質？

三、從此詩也反映出唐代宮女大概過什麼樣的生活？

推薦閱讀

李白〈子夜吳歌〉（一作〈子夜四時歌〉）秋歌：

長安一片月，萬戶擣衣聲。秋風吹不盡，總是玉關情。
何日平胡虜，良人罷遠征。[30]

原文語意

開元年間，皇上頒令賞賜邊塞軍士兵纊衣以禦寒，在宮廷中製作。後來有兵士於短袍中得詩曰：「沙場上征戰的戍客，天寒地凍難以入眠。此件戰袍經我手製作，不知將要落在那邊？我就刻意地多添加棉線，此中含情脈脈更著綿。我今生的青春年華已經將要結束，只希望結取下半生的緣份。」兵士以這首詩告訴元帥，元帥將此事向皇帝稟報。唐玄宗命令將此首詩遍示六宮，說：「寫作這首詩者千萬不要隱瞞，我不會加罪於你。」有一宮女出來自言罪該萬死，唐玄宗深刻憐憫她，於是就將她嫁給得詩的人，於是告訴他說：「我給予你結今身緣份。」邊塞的人都感動流淚。

30. 清聖祖御定，《全唐詩》，（北京：中華書局出版，1996年1月）5冊165卷，頁1711。

07 楊柳小蠻腰

　　我們稱女子身材窈窕曼妙，擁有纖細的腰身稱為「小蠻腰」，而「小蠻腰」這個詞彙的由來也是與唐詩有關係。

　　據孟棨的《本事詩》〈事感第二〉中載：

　　白尚書姬人樊素，善歌，妓人小蠻，善舞，嘗為詩曰：「櫻桃樊素口，楊柳小蠻腰。」年既高邁，而小蠻方豐豔，因為楊柳之詞以托意，曰：「一樹春風萬萬枝，嫩於金色軟於絲。永豐坊裡東南角，盡日無人屬阿誰。」及宣宗朝，國樂唱是詞，上問誰詞？永豐在何處？左右具以對之，遂因東使，命取永豐柳兩條植於禁中。白感上知其名，且好尚風雅，又為詩一章其末句云：「定知此後天文裡，柳宿光中添兩枝。」[31]

　　從此載中可知白居易家中家妓一為樊素，善歌，另一妓人小蠻，善舞，白居易曾經為她們寫做過詩歌，詩曰：「櫻桃樊素口，楊柳小蠻腰。」讚揚樊素唱歌美妙像櫻桃般口中樂音曼妙，小蠻的舞技像楊柳般婆娑起舞柔軟的腰身。

　　白居易的〈楊柳枝詞〉：

　　一樹春風千萬枝，嫩於金色軟於絲。永豐西角荒園裏，盡日無人屬阿誰。[32]

---

31. 唐・孟棨撰，《本事詩》，收錄在《唐五代筆記小說大觀》下，（上海：上海古籍出版社，2000年3月）頁1245。
32. 清聖祖御定，《全唐詩》，（北京：中華書局出版，1996年1月）14冊460卷，頁5239。據《全唐詩》載：「《雲溪友議》，居易有妓樊素，善歌，小蠻，善舞。嘗為詩曰：櫻桃樊素口，楊柳小蠻腰。年既高邁，而小蠻方豐豔，因楊柳詞以託意云。」

　　能歌善舞本來就是身為妓女的主要特色，在唐代妓女的種類眾多，地位低下，有家妓、軍妓、營妓，還有歌樓酒館的青樓女子，依照她們的專長，尚有歌妓、樂妓、舞妓之分，「妓」字可以通「技」字及「伎」字，原本是當作技藝及伎人之意，所從事大多為女子，後來多寫成了「妓」字，這些妓女們是賣藝不賣身的，這項獨特的技藝文化，東洋的日本深受唐代文化的影響，至今尚保留所謂的「藝妓」或「歌舞伎」。

詩人小傳

白居易，見第一篇07詩人小傳。

深入思考

一、詩曰：「櫻桃樊素口，楊柳小蠻腰。」所代表的意涵為何？

二、唐代的藝伎文化，所反映是怎樣的社會現象？

三、對於「藝伎」的生活及文化，請提出你的看法？

推薦閱讀

白居易〈小庭亦有月〉：

七年四月。予罷河南府。歸履道第。廬舍自給。依儲自充。無欲無營。或歌或舞。頹然自適。蓋河洛間一幸人也。遇興發詠。偶成五章。各以首句。命為題目。

小庭亦有月，小院亦有花。可憐好風景，不解嫌貧家。菱角報笙簧，谷兒抹琵琶。紅綃信手舞，紫綃隨意歌（案：菱、谷、紫、紅。皆小臧獲名也。）。村歌與社舞，客咥主人誇。但問樂不樂，豈在鐘鼓多。客告暮將歸，主稱日未斜。請客稍深酌，願見朱顏酡。客知主意厚，分數隨口加（分數隨後加）。堂上燭未秉，座中冠已峨。左顧短紅袖，右命小青娥。長跪謝貴客，蓬門勞見過。客散有餘興，醉臥獨吟哦。幕天而席地，誰奈劉伶何。[33]

---

33. 清聖祖御定，《全唐詩》，（北京：中華書局出版，1996年1月）14冊452卷，頁5108。

原文語意

　　白居易尚書有姬人名為樊素，善長唱歌，另一個妓人名叫小蠻，善長跳舞，白居易嘗為詩曰：「像櫻桃般樊素口中樂音曼妙，像楊柳般婆娑起舞是小蠻的腰身。」年齡既高邁，而小蠻還是一樣豐采豔麗，於是寫了楊柳之詞以托意，曰：「一樹春風吹動了萬萬枝，像金色一樣柔嫩像絲一樣的軟。在永豐坊裡的東南角落裡，整日都無人到底屬於誰？」到了宣宗朝時，朝廷裡音樂唱這首歌詞，皇上問這是誰的歌詞？永豐是在何處？左右據實以回答，於是皇上派遣使者至東邊，命令取永豐里的柳條兩枝並且種植於深宮中。白居易感念皇上知道他的名字，並且喜愛風雅，又寫了詩一首其最後一句說：「定知從此以後在天文裡，柳樹所宿光中更添兩枝。」

知識補帖

請參考：王書奴著，《中國娼妓史》，（團結出版社，2004年6月1日。）

08　飛燕傳詩

　　古代有所謂的「飛鴿傳書」，用來傳遞消息，這是我們所熟悉的一種方式，還有「魚雁往返」、古詩中：「客從遠方來，遺我雙鯉魚」，不同的稱呼來代表書信訊息的傳遞。古人的聯絡方式不像我們今日這麼方便，拜今日科技之賜，手機、電話、視訊、3G影像、傳真、E-mail……等各式各樣的聯絡工具，真是「天涯若比鄰」。

　　唐代有一件令人不可思議的事情，用燕子來傳詩，據五代・王定保撰《開元天寶遺事》卷下載：

　　長安豪民郭行先，有女子紹蘭，適巨商任宗，為賈於湘中，數年不歸，復音信不達。紹蘭目睹堂中有雙燕戲於梁間，蘭長吁而語於燕曰：「我聞燕子自海東來，往復必經由於湘中。我婿離家不歸數歲，篦有音耗，生死存亡，弗可知也，欲憑爾附書投於我婿。」言訖淚下。燕子飛鳴上下，似有所諾。蘭復問曰：「爾若相允，當泊我懷中。」燕遂飛於膝上。蘭遂吟詩一首：「我婿去重湖，臨窗泣血書。殷勤憑燕翼，寄與薄情夫。」蘭遂小書其字繫於足上，燕遂飛鳴而去。任宗時在荊州，忽見一燕飛鳴於頭上，宗訝視之，燕遂泊於肩上，見一小封書繫於足上，宗解而示之，乃妻所寄之詩，宗感而泣下，燕復飛鳴而去。宗次年歸，首出詩示蘭。後文士張說傳其事，而好事者寫之。[34]

　　從這記載中令人覺得不可思議，「萬物有情論」似乎是存在的，人與動物間的情感，因日久而生情，便可建立微妙的情誼，像貓、狗、鳥、海豚，都可以與人產

34.五代・王仁裕撰，《開元天寶遺事》，收錄在《唐五代筆記小說大觀》下，（上海：上海古籍出版社，2000年3月）頁1736～1737。

生微妙的情感。

這位閨中等待的女子郭紹蘭所寫的詩:

我婿去重湖,臨窗泣血書。殷勤憑燕翼,寄與薄情夫。[35]

詩意淺顯易懂,傳達出一位苦守空閨女子的心聲。古代的男子或經商或行旅或勞役在外,經年累月不在家中是常有的事,女子在舊傳統的禮教下,大門不出二門不邁,多少的相思愁苦,癡心等待無奈痛苦的煎熬,真是無處訴說,還好這隻多情善解人語的燕子,為她傳遞了消息,才使得薄情郎君回家團圓。

35.清聖祖御定,《全唐詩》,(北京:中華書局出版,1996年1月)23冊799卷,頁8985。郭紹蘭〈寄夫〉(任宗賈湘中,數年不歸,紹蘭作詩,繫於燕足,時宗在荊州,燕忽泊其肩,見足繫書,解視之,乃妻所寄也,感泣而歸。)

詩人小傳

郭紹蘭，長安人，巨商任宗妻也，詩一首。

深入思考

一、「飛燕傳詩」的故事帶給你什麼啟示？

二、萬物有情，人與動物間的情感，因日久而生情，便可建立微妙的情誼，請你舉出其他相關的例子？

推薦閱讀

杜甫〈絕句二首〉：

遲日江山麗，春風花草香。泥融飛燕子，沙暖睡鴛鴦。

江碧鳥逾白，山青花欲燃。今春看又過，何日是歸年。[36]

原文語意

長安城中有錢人郭行先，有女子名紹蘭，嫁給巨商任宗，在湘中做生意，經過數年不歸，又音信全無。紹蘭看到堂中有雙燕於屋梁間嬉戲，紹蘭長聲嘆息而向燕子說：「我聽聞燕子自海東而來，往返的時候必會經過湘中。我丈夫離家不歸已經好幾年了，音訊全無，也不知生死存亡，想要請託你附封書信投給我的丈夫。」話說完眼淚就流下來。燕子上下飛翔鳴叫著，好像答應承諾。紹蘭又問說：「你要是答應，就請停在我懷中。」燕子果真飛上了紹蘭的膝上。紹蘭於是吟詩一首說：「我的丈夫離我而去經商，兩地分離臨窗哭泣寫下血書。殷勤地憑借燕子的羽翼，希望寄給我那薄情的丈夫。」紹蘭將詩寫成小字綁在燕子的腳上，燕子於是飛鳴

36.清聖祖御定，《全唐詩》，（北京：中華書局出版，1996年1月）7冊228卷，頁2475。

而去。任宗當時人在荊州，忽然見到一隻燕子飛鳴在他的頭頂上，任宗驚訝而看著牠，燕子於是停在他的肩上，看見一小封書綁在燕子的腳上，任宗解開來看，是他的妻子所寄的詩，任宗感動而流下眼淚，燕子又飛翔鳴叫而去。任宗隔年回去，拿出這首詩給他的太太紹蘭看。後來文士張說流傳這件事，而有好事的人將這個故事寫下來。

生死相許的雁子

「恨世間、情是何物？直教生死相許？」這幾句眾所周知、流傳千古的詩句，相信大家都已經耳熟能詳，朗朗上口。此詩句的作者是金朝的元好問所寫的〈摸魚兒〉，動人的詩句背後也有一個動人的故事，這個故事卻不是寫人，而是描寫雁子的故事。

元好問自述故事的由來：乙丑歲（金章宗泰和五年，西元一二○五年）赴并州，道逢捕雁者，云：「今旦獲一雁，殺之矣。其脫網者悲鳴不能去，竟自投於地而死。」予因買得之，葬之汾水之上，累石為識，號曰雁丘。時同行者多為賦詩，予亦有雁丘詞。舊所作無宮商（不協音律），今改定之。

金朝元好問的〈邁坡塘〉摸魚兒全詞如下：

恨人間、情是何物？直教生死相許？
天南地北雙飛客，老翅幾回寒暑。
歡樂趣。離別苦、就中更有癡兒女。
君應有語。渺萬里層雲，千山暮雪，隻影向誰去。
橫汾路，寂寞當年簫鼓。荒煙依舊平處。
招魂楚些何嗟及，山鬼暗啼風雨。
天也妒。未信與、鶯兒燕子俱黃土。
千秋萬古。為留待騷人，狂歌痛飲，來訪雁丘處。（選自《遺山集》）

　　天啊！這世上竟有如此深摯的感情，能使人為它獻出了生命！雁子南北比翼雙飛、共度寒暑，有相伴的歡樂亦有別離的痛苦；這是怎樣的一往情深呢！你應該知道：此去雲海渺茫、千山萬水、孤身隻影，何處是歸宿？汾水路如今已是寂寞荒涼，不復當年漢武帝橫渡時簫鼓齊鳴的盛況。只能借《楚辭》中的〈招魂〉與〈山鬼〉來寄託哀思。連上天也忌妒、不相信雁子殉情生死不渝的愛情。歲月流轉，等待著多感的騷人墨客，來此狂歌痛飲對雁悼惜。

　　元好問當初寫這首詞時，才是一位十六歲的青少年，一位十六歲的青少年能作出如此動人的情詞，令人十分佩服他細膩的情感和思維，詞句的開頭：「恨人間、情是何物？直教生死相許？」已成為了流傳千古不朽的名句。在作者本意中是描寫雁子殉情的事蹟，流傳至今已經成為男女情愛的象徵。

　　讀了這闋詞，身為人類的我們真的要感到汗顏，連雁子的情愛都如此忠貞堅定不移，捕雁者將抓到的雁子殺了，另一隻脫網者悲鳴哀嚎、徘徊低吟不能去，失去伴侶的哀痛無法承受，最後竟自投於地而死。這自投撞地而死的那一刻，是多麼令人驚心動魄，以自身生命的完結，做了最強烈的控訴，以死相許，無奈又哀淒，令人動容。

　　生命是一切之本，男女間的情感只是生命中的一部份，雖然能擁有至死不渝的情愛令人期待，但情愛也有可能會隨著環境、時間、空間的影響，而有所改變。某女模特兒是知名演員之女，年輕才貌雙全，有著美好的未來，因為愛情因素想不開，選擇墜樓而亡，香消玉殞，令人徒增惋惜。所以，在情愛的路程上不論發生了什麼變化，最應該堅定的是我們對生存的執著及堅持，殉情、犧牲生命、自殘，或做出傷害別人的事，只會徒留下惋惜，不值得我們學習。

第四篇

典故及由來的風韻

01　李司空贈妓給劉禹錫

「司空見慣」是今日大家耳熟能詳的常用成語，說明常在所見的情況下，已經不足為奇了，這句成語的典故由來，是唐代李司空贈妓予劉禹錫的故事。

據唐人孟棨的《本事詩》載：

> 劉尚書禹錫罷和州，為主客郎中、集賢學士。李司空罷鎮在京，慕劉名，嘗邀至第中，厚設飲饌。酒酣，命妙妓歌以送之。劉於席上賦詩曰：「窩鬢[1]梳頭宮樣妝，春風一曲杜韋娘。司空[2]見慣渾無事，斷盡江南刺史腸。」李因以妓贈之。窩鬢字亦作「低墮」，并上聲，《古今注》言即墮馬之遺傳也。[3]

從上載中可知在李司空的生活裡，不是歌就是舞，歡聚的飲宴場合，可以說是三天一小宴，五天一大宴，財力、物力、權勢都在劉禹錫之上，讓劉禹錫見到這樣的場合是目瞪口呆。「家妓」是唐時有權有勢的貴族或大官所擁有的一項特殊現象，平時練習歌舞才藝，遇有宴會節慶喜樂之事時，便代表主人表演，演出歌舞節目帶來娛樂，以取悅賓客，達到賓主盡歡的娛樂效果和目的。

劉禹錫於席上賦詩〈贈李司空妓〉曰：

1. 窩鬢：形容頭髮烏黑亮麗。窩，音ㄨㄛˇ。鬢，音ㄅㄨㄛˇ。
2. 司空：官名。周時有冬官大司空，為六卿之一，掌水土營建之事。秦無司空，置御史大夫，漢初沿置，成帝時改御史大夫為大司空。後多有更名，或稱御史大夫，或稱司空，至明始廢。隋唐時設六部，通稱工部尚書為大司空。此處借指李紳。
3. 唐・孟棨撰，《本事詩》，收錄在《唐五代筆記小說大觀》下，（上海：上海古籍出版社，2000年3月）頁1243。

窩髻梳頭宮樣妝，春風一曲杜韋娘。司空見慣渾無事，斷盡江南刺史腸。**4**

　　這首詩描寫李司空家中的家妓，妝扮入時，髮型是當時最流行的「窩髻髻」，又稱「髻馬髻」，據《本事詩》載：「窩髻字亦作『低墮』，并上聲，《古今注》言即墮馬之遺傳也。」這種髮髻是墮馬之遺傳，相傳有女子盛裝騎馬，不小心從馬上摔下來，髮髻歪斜一邊，反而有格外的美感，大家爭相效仿，在當時頗為流行，由「窩髻梳頭宮樣妝」的詩句看來，這樣的裝扮也流行在宮中，受到當時婦女的喜愛。

　　「春風一曲杜韋娘」詩句描寫除了這些家妓精心的裝扮之外，也都是能歌善舞的高手，音樂一響春風一曲，婆娑起舞，曼妙姿態，令人眼花撩亂，「司空見慣渾無事，斷盡江南刺史腸。」這兩句對李司空而言，歡聚場合歌舞表演，已經是家常便飯，早已見慣這樣的場合，對於這位被罷貶的刺史而言，卻是斷盡心腸格外的傷感。

　　既然早已「司空見慣」不足為奇，最後李司空索性乾脆將家妓贈與劉禹錫，讓這件事情圓滿落幕，也讓「司空見慣」這個成語流傳下來。

---

4. 清聖祖御定，《全唐詩》，（北京：中華書局出版，1996年1月）11冊365卷，頁4121。

詩人小傳

劉禹錫，字夢得，彭城人。貞元九年時，考中了進士，登上博學宏詞科。從事淮南幕府的幕僚工作，進而擔任監察御史。王叔文用事，引他進入宮中，與他商討事宜，言無不從。後來轉任屯田員外郎，判度支鹽鐵案。後來叔文事敗，坐貶連州刺史，在道被貶為朗州司馬，落魄不自聊。所寫的詞多充滿諷託幽遠，蠻人的風俗好巫術，他曾經依照騷人主旨要義，作了〈竹枝詞〉十餘篇，在武陵溪洞之間都可聽到有人歌唱他的作品。在此地居十年，奉命召還，將要置之郎署，因為作了玄都觀看花詩涉及到譏忿。讓執政者不高興，後復出擔任播州刺史。他的朋友裴度以母老為言，改至連州、後又轉至夔、和二州。不久之後，徵入為主客郎中，又以作重游玄都觀詩，出分司東都，裴度仍薦為禮部郎中，集賢直學士。裴度被罷後，出任蘇州刺史，又遷徙到汝、同二州。擔任太子賓客分司，禹錫擅長詩歌，到了晚年更加精鍊。不幸被坐廢，很難得到認同，於是以寫作文章詩歌來自我調適，與白居易往來酬作很多。白居易曾經敘其詩曰：「彭城劉夢得，詩豪者也。其鋒森然，少敢當者。」又說他的詩應有神物護持，其為名流推重如此。會昌年間，擔任檢校禮部尚書，卒年七十二，追贈戶部尚書。有詩集十八卷，今編為十二卷。（據《全唐詩》作者小傳）

深入思考

一、與「司空見慣」相近的成語還有哪些？

二、唐時「家妓」的主要工作為何？

三、「窩鬌梳頭宮樣妝」詩句如何解釋？

推薦閱讀

司空見慣

唐・范攄《雲谿友議・卷中・中山悔》：

　　昔赴吳臺，揚州大司馬杜公鴻漸為余開宴，沉醉歸驛亭。似醒，見二女子在旁，驚非我也。乃曰：「郎中席上與司空詩，特令二樂伎侍寢。」且醉中之作，都不記憶，明旦修狀啓陳謝，杜公亦優容之，何施面目也。余郎署州牧，輕忤三司，豈不難也。詩曰：「高髻雲鬟宮樣妝，春風一曲〈杜韋娘〉。司空見慣尋常事，斷盡蘇州刺史腸。」

原文語意

　　劉尚書劉禹錫除去了和州的職務，擔任主客郎中和集賢殿學士。李司空罷去鎮在京城，仰慕劉禹錫的名聲，曾經邀請他至宅第中，準備豐盛酒宴。酒過三巡酣暢之際，命令妙妓歌唱以送之。劉禹錫於席上賦詩說：「窩鬟梳頭像宮廷裡的妝扮，春風一曲杜韋娘。司空見慣渾然無事，讓江南刺史斷盡肝腸。」李司空因以妓贈之。窩鬟字也寫作「低墮」，并上聲，《古今注》說即是墮馬髻的遺傳。

知識補帖

關於「司空」

　　「司空」這一官職，是西周時開始設置，官位次於三公，與六卿的官職相當。「司空」一職主要掌管水利、營建工程之事。孔子也曾經擔任過魯國的「司空」一職。

02　唐代的五子哭墓

　　台灣民間的喪葬禮俗中，有所謂的「五子哭墓」，喪家請這樣的團體，在出殯時表示對往生者的哀思與追悼，五子哀慟淒涼的哭聲，撼動人心，聞之令人動容。中國自古以來重視慎終追遠的孝道精神，在最後的這段儀式中表露無遺。

　　在唐人孟棨的《本事詩》中，記載了這樣一則動人的故事，這是唐代的五子哭墓故事，可能是流傳久遠民間「五子哭墓」故事的源頭，令人再三玩味。據《本事詩》〈徵異第五〉載：

　　開元年間，有一位幽州的衙將姓張，娶妻孔氏，生了五子，卻不幸去世。又再續弦，娶了李氏，凶悍狠毒，常常虐待這五子，甚至每天鞭打，五子不堪痛苦，到母親的墳前哭訴，母親忽然從墳墓中走出，安撫他的孩子，悲慟良久，於是以白布巾題了一首詩送給張氏：「不忿成故人，掩涕每盈巾。死生今有隔，相見永無因。匣裡殘妝粉，留將與後人。黃泉無用處，恨做家中塵。有意懷男女，無情亦任君。欲知腸斷處，明月照孤墳。」五子得了這首詩之後，拿給父親看，他的父親慟哭流涕，訴諸於縣太爺，縣太爺聽聞此事，命令杖打李氏一百大板，流放嶺南，張氏停止了他的職務。[5]

　　這個故事反映出古代的後母形象以及對待子女的問題，令人感到憐憫的是五位子女的遭遇，失去母親的照顧，已經很可憐，又受到後母的虐待及鞭打，真是情何以堪！孤兒只能向死去的母親哭訴，母親與孤兒在墳前相見，悲慟良久，這位母親孔氏於是寫下了詩句：

5. 唐・孟棨撰，《本事詩》徵異第五，收錄在《唐五代筆記小說大觀》下（上海：上海古籍出版社，2001年3月）頁1249。

不忿成故人，掩涕每盈巾。死生今有隔，相見永無因。

匣裡殘妝粉，留將與後人。黃泉無用處，恨做家中塵。

有意懷男女，無情亦任君。欲知腸斷處，明月照孤墳。[6]

　　此詩說明生死兩隔無法再相見，得知子女被虐待鞭打情何以堪，孤墳中的母親肝腸寸斷。此詩無疑希望孩子的生父，能為自己出一口氣，期盼自己所生的子女不要再受到虐待及鞭打，最後結果父親看了之後慟哭流涕，訴諸於縣太爺，縣太爺聽了此事之後，命令杖打李氏一百大板，懲罰她將她流放至嶺南，最後張氏也被停止了他的職務。

　　這是「五子哭墓」故事的原型，令人十分感動。家暴虐童的事件不是今日社會才有的問題，後母虐待前妻所生之子也是時有所聞，後母的形象及問題在這段紀錄做了最真實的呈現。

　　今日台灣社會還流行著「五子哭墓」的喪葬禮俗，在故事原型上與實質意義上，已經產生了截然不同的變化了，我們不希望再看到類似家暴虐童的情況產生，而對於喪葬禮俗上也不要流於外表形式，或只是做給外人看，求一個熱鬧風光。坦然面對人生必經的過程，台灣俗語講的：「生前一粒豆，卡好死後拜豬頭。」即說明生前對死者及時的孝心表現，勝過於死後的隆重祭拜。生前，但盡孝心；死後，慎終追思，自然功德圓滿。

6. 清聖祖御定，《全唐詩》，（北京：中華書局出版，1996年1月）24冊866卷，頁9796。孔氏〈贈夫詩三首〉。開元中，有幽州衛將姓張者，妻孔氏，生五子而卒。後娶妻李氏，悍妒，虐遇五子，日鞭箠之。五子不堪其苦，哭于其母墓前。母忽于家中出，撫其子，悲慟久之，因以白布巾題詩贈張，令五子呈其父。連帥上聞，敕李氏決一百，流嶺南，張停所職。

詩人小傳

孔氏，生平事蹟不詳。

深入思考

一、台灣民間的喪禮中有許多的「陣頭」，這些陣頭有何作用？

二、與「五子哭墓」相近的儀式還有「孝女白琴」（或作白瓊），他們在民間習俗中扮演什麼角色？

三、你覺得喪葬過程中什麼才是最重要的？

四、這個故事帶給你什麼樣的感受？

五、俗語說「春天後母臉」，「後母」自古以來的形象為何？你個人感覺為何？

推薦閱讀

日本電影〈送行者〉、台灣電影〈父後七日〉。

原文語意

開元年間，有一位幽州的衙將姓張，娶妻孔氏，生了五個孩子，卻不幸地去世。又再續弦，娶了李氏，凶悍狠毒，常常虐待這五子，甚至每天鞭打，五子不堪痛苦，到母親的墳前哭訴，母親忽然從墳墓中走出，安撫他的孩子，悲慟良久，於是以白布巾題了一首詩送給張氏，詩是這樣寫：「想不到成為亡故的人，掩涕淚每每沾滿衣巾。死生如今分別有隔，想要再相見卻永無因。奩匣裡還留有殘妝粉，將要留給後人。身在黃泉路上無用處，多麼恨自己做了墳冢中的塵土。我有情有意懷念我的兒女，無情無義亦任由君。想要知道令人肝腸寸斷處，明月皎潔地照在孤墳上。」五子得了這首詩之後，拿給父親看，他的父親慟哭流涕，訴諸於縣太爺，縣太爺聽聞此事，命令仗打李氏一百大板，流放嶺南，張氏也被停止了他的職務。

03　牡丹花國色天香

「國色天香」一詞形容女子美艷迷人、風姿婉約、情態婀娜多姿，令人為之傾倒。此詞原是形容唐代牡丹花的姿態豔麗動人，冠蓋京城，為當時的詩人墨客所傳誦詠牡丹花的佳句。

牡丹，花大而美、明豔動人，素有「花王」之稱。它本是芍藥花的一種，大約在唐代的前後，才把木芍藥花專門稱作牡丹。以「國色天香」一詞形容牡丹花是詩人李正封，據唐・李濬所編的《窗松雜錄》一書載：

大和、開成中⋯⋯會春暮內殿賞牡丹花，上頗好詩，因問修己曰：「今京邑傳唱牡丹花詩，誰為首出？」修己對曰：「臣嘗聞公卿間多吟賞中書舍人李正封詩曰：『天香夜染衣，國色朝酣酒』。」上聞之，嗟賞移，時楊妃方恃恩寵，上笑謂賢妃曰：「妝鏡台前宜飲以一紫金盞酒，則正封之詩見矣。」[7]

李正封這首的詩：「天香夜染衣，國色朝酣酒」。就這樣傳遍了整個朝野京城，楊貴妃當時正得到唐明皇的寵愛，對酒賞花，明皇心中卻是人比花更嬌媚，吟讀此詩也讓貴妃雍容華貴的身份，有了像牡丹花一般天香國色的修飾和形容，使得自古以來美女和花的關係更為密切。

李正封這首的詩：「天香夜染衣，國色朝酣酒」。收錄在《全唐詩補編》中，原詩可能已經不傳了，詩題為〈賞牡丹〉句，只剩下這一句詩，從詩題來看很明顯是一句吟詠牡丹花的詩句，牡丹花的香氣在夜晚侵襲、滲透，點染了衣襟，氣味是如此的馥郁馨香，讓舉國皆瘋狂的牡丹花，所擁有的美麗姿色，可以讓人酣暢飲

7. 唐・李濬編，《窗松雜錄》，（上海：上海古籍出版社，2001年3月）頁1215。

酒，對酒賞花。這是何等令人賞心悅目的事。

　　牡丹花在世俗人們的心目中地位是崇高的，而洛陽的牡丹花，更是被視為天下第一。唐代是種植和觀賞牡丹花的鼎盛時期，特別是京城長安和東都洛陽，每到了暮春牡丹花盛開時節，富貴人家，車馬若狂，爭相遊賞，詩人劉禹錫〈賞牡丹〉詩云：「唯有牡丹真國色，花開時節動京城。」[8]呈現了當時牡丹花驚豔全京城的國色天香，也呼應了李正封這首的詩：「天香夜染衣，國色朝酣酒」。

---

8. 清聖祖御定，《全唐詩》，（北京：中華書局出版，1996年1月）11冊365卷，頁4119。

詩人小傳

李正封，官監察御史。詩五首。

深入思考

一、所有植物中你喜歡何種植物？請說明喜愛的原因？
二、牡丹花為何具有動人之姿，深受大眾喜愛？
三、除了牡丹花象徵「富貴」之外，還有哪些植物有不同的象徵？

推薦閱讀

劉禹錫〈賞牡丹〉：

庭前芍藥妖無格，池上芙蕖淨少情。唯有牡丹真國色，花開時節動京城。[9]

原文語意

　　大和、開成年中……在暮春時節於內殿欣賞牡丹花開放，皇上頗喜好詩，於是問了修己說：「如今在京城裡傳唱牡丹花詩，誰是最為突出的？」修己回答說：「為臣曾經聽說過公卿大夫之間多吟賞中書舍人李正封的詩，詩句是這樣寫：『絕色天香夜晚染上衣襟，美艷國色動人如酣暢飲酒般迷人』。」皇上聽聞這件事，感嘆轉移欣賞牡丹花，當時楊貴妃正受到格外的恩寵，皇上笑笑地對著楊貴妃說：「妝鏡台前非常適宜喝一杯紫金盞酒，如此李正封的詩意顯然可見啊。」

---

9. 清聖祖御定，《全唐詩》，（北京：中華書局出版，1996年1月）11冊365卷，頁4119。

04 嬰兒胎毛筆源自於唐代

　　嬰兒的胎毛是與生俱來的，胎毛細緻柔軟，出生不久後便會自然脫落。當嬰兒初生滿二十四天或滿月時，剃去胎髮，行滿月禮，父母為了紀念新生命的誕生，將初生嬰兒的胎毛製成胎毛筆，以資紀念。胎毛筆又稱「智慧筆」或「狀元筆」，它的起源與由來是來自唐代一位窮苦母親與他苦讀奮鬥成功的兒子。

　　唐代實行科舉考試制度，以選拔人才，有位書生為求取功名，日夜苦讀，到了應考的時候，赴京趕考時，因為家境貧窮連考試要用的筆也沒有，其母親只好將其出生兩個月時剪下來的胎毛製成毛筆，讓他赴京考試使用，多年苦讀辛勞，窮書生不負母親的期待，終於考上狀元，一時傳遍鄉里，大家競相仿效。所以用嬰兒胎髮製成的筆，又被稱之為「狀元筆」或「智慧筆」。

　　唐代的齊己所寫的〈送胎髮筆寄仁公詩〉一詩云：

內唯胎髮外秋毫，綠玉新栽管束牢。老病手疼無那爾，卻資年少寫風騷。**10**

　　齊己所寫的詩中「內唯胎髮外秋毫，綠玉新栽管束牢」，其中的胎髮即是小孩初生胎毛，「綠玉新栽管束牢」即是以此胎髮製成書寫用的毛筆，在當時稱為「胎髮筆」。此外，白居易的〈阿崔〉一詩中，也提到了剃胎髮一事，其詩云：

謝病臥東都，羸然一老夫。孤單同伯道，遲暮過商瞿。
豈料鬢成雪，方看掌弄珠。已衰寧望有，雖晚亦勝無。
蘭入前春夢，桑懸昨日孤。里閭多慶賀，親戚共歡娛。

10.清聖祖御定，《全唐詩》，（北京：中華書局出版，1996年1月）24冊846卷，頁9581。

膩剃新胎髮，香繃小繡襦。玉芽開手爪，酥顆點肌膚。

弓冶將傳汝，琴書勿墜吾。未能知壽夭，何暇慮賢愚。

乳氣初離殼，啼聲漸變雛。何時能反哺，供養白頭烏。[11]

　　詩中寫到「膩剃新胎髮，香繃小繡襦」，剃新生兒的胎髮，雖未明言剃新胎髮製筆，卻也說明唐時新生兒有剃胎髮的形式。

　　現在的「胎毛筆」經由商人精心製作，成為一項重要的紀念品。新生兒滿月時的胎毛、掉落的肚臍、滿月時的手印、足印，都精心設計成為紀念產品。肚臍製成印章，手足印製成金箔，再將胎毛筆刻上新生兒姓名、父母親姓名或祖父母姓名，組合成為一個紀念新生命的寶盒。

11. 清聖祖御定，《全唐詩》，（北京：中華書局出版，1996年1月）14冊451卷，頁5091。

詩人小傳

齊己，名得生，姓胡氏，潭之益陽人。在大潙山同慶寺出家，又到衡嶽東林，後來想要進入四川，經過江陵，高從誨挽留成為僧正，停留在龍興寺，自號「衡嶽沙門」。著有《白蓮集》十卷，外編一卷，今編詩十卷。

白居易，見第一篇07詩人小傳。

深入思考

一、新生兒除了胎毛筆之外，父母親還會為他們製作什麼東西以資紀念？

二、對新生兒的期待有哪些？

三、就你所知，台灣新生兒滿月還有哪些習俗？

推薦閱讀

做滿月之習俗

新生命的誕生，令整個家族充滿喜悅，在期待與成長的歲月中，也產生了許多生命禮俗。小孩出生滿一個月叫「滿月」或「彌月」，滿月時所做的慶賀禮稱「做滿月」或「滿月禮」，也有人選在第二十四天，取二十四孝之意，希望小孩長大後會如同二十四孝中的人物一樣孝順父母。

滿月這一天會剃掉嬰兒的頭髮，稱為「理胎髮」。理胎髮前，習俗上常會準備：金鎖片、銅錢、蔥、紅雞蛋、蒜、石頭、芹菜、紅鴨蛋等物品放在盤子裡，理完頭髮之後，將這些物品舉起在嬰兒身體比畫比畫，並口說吉祥話，而這些物品和動作都具有象徵含意，如：金鎖片及銅錢取意財運及好運，希望以後可以「大富大貴」。用紅雞蛋及鴨蛋在嬰兒頭上輕輕滾動三次，取其「紅頂」，希望他出人頭地、平步青雲、功成名就；紅雞蛋有再生、繁殖及圓滿之意，也希望小嬰兒能長個人見人愛的雞蛋臉；紅鴨蛋希望他長得高壯的寓意。石頭取意「壓膽」或「作膽」，讓小孩將來有膽量，並且期待小孩頭殼快快長硬，如同石頭一般堅硬、強壯；蔥取諧音有「聰明」之意；芹菜取諧音有「勤快」之意；蒜諧音有取「精打細算」之意。希望小孩將來做事能聰明、勤快又能精打細算。這些儀式都是對嬰兒的未來期許，可見大人對小孩的一種希望與祝福。

這一天，要做雞酒、油飯祭拜神明、祖先及床母。理下來的胎髮，父母親為其作胎毛筆，現在還用出生時的手印和足印，留下出生時的痕跡，與胎毛筆、臍帶印章，製作成精美的誕生紀念。現代人的習俗，依舊保留傳統用彌月蛋糕，或油飯分送親朋好友，告知新生兒降臨、分享誕生的喜悅，讓親朋好友沾沾喜氣，接受大家的疼愛與祝福。

05　舞獅的禁忌與詩歌

　　「舞獅」是民間游藝活動中最常出現的表演形式。在中國大陸及台灣民間各地的廟宇迎神賽會活動，不論單位、機關或團體，舉行的各項喜事、慶典、遊行活動，甚至於只要有華人地方，都可見到舞獅游藝活動表演的蹤跡。隨著鑼鼓的喧騰、節奏的激昂振奮、演出藝人精湛的動作姿態，讓靈動的獅子舞神氣活現，吸引眾人目光，表演時或凶猛英勇或詼諧逗趣，姿態不一、巧妙變化，一下子便將熱鬧活潑的氣氛溢滿全場，呈現一片歡慶喜樂的氣象。

　　唐朝時規定「五方獅子舞」，只准在宮廷中表演給皇帝看，如果民間有游藝活動要舞獅表演時，可以舞青獅子、白獅子、赤獅子、黑獅子，唯獨不可以舞黃獅子，因為黃獅子居中、屬黃色、象徵尊貴，是至高無上的，當然只能在皇帝面前舞。唐代大詩人王維，就是因為被人搧動，私下舞起黃獅子，結果被貶官丟了烏紗帽。這算是一件糗事，見載於宋・王讜的《唐語林》一書：

　　王維為大樂承，被人嗾令舞黃獅子，坐是出官。黃獅子者，非天子不舞也，後輩慎之。**12**

　　從此載可知，王維雖然貴為大樂承，被人家慫恿舞起黃獅子，在威權時代下，舞黃獅子是皇家所專有的，這是唐代獅子舞的禁忌不可輕視，小則丟官，大者可能惹來殺生之禍。可見有些禁忌，是一定要遵守的，尤其皇家的威嚴，更是不可掉以輕心。

　　唐代是中國詩歌發展極為興盛的時代，關於獅子舞也有詩人紀錄演出的狀況。

---

12. 宋・王讜撰、周勛初校證，《唐語林校證》，（北京：中華書局，2000年8月）頁486。

根據中唐大詩人白居易的一首新樂府〈西涼伎〉，我們可知在唐朝中葉時，已有西域胡人來到長安，藉表演舞獅以謀取衣食了。這是一首七言樂府詩，其詩云：

> 西涼伎，西涼伎。假面胡人假獅子。刻木為頭絲作尾，金鍍眼睛銀帖齒。
> 奮迅毛衣擺雙耳，如從流沙來萬里。紫髯深目兩胡兒，鼓舞跳梁前致辭。
> 應似涼州未陷日，安西都護進來時。須臾云得新消息，安西路絕歸不得。
> 泣向獅子涕雙垂，涼州陷沒知不知。獅子回頭向西望，哀吼一聲觀者悲。
> 貞元邊將愛此曲，醉坐笑看看不足。娛賓犒士宴監軍，獅子胡兒長在目。
> 有一征夫年七十，見弄涼州低面泣。泣罷斂手白將軍，主憂臣辱昔所聞。
> 自從天寶兵戈起，犬戎日夜吞西鄙。涼州陷來四十年，河隴侵將七千里。
> 平時安西萬里疆，今日邊防在鳳翔。緣邊空屯十萬卒，飽食溫衣閒過日。
> 遺民腸斷在涼州，將卒相看無意收。天子每思長痛惜，將軍欲說合慚羞。
> 奈何仍看西涼伎，取笑資歡無所愧。縱無智力未能收，忍取西涼弄為戲。**13**

    白居易的這首新樂府〈西涼伎〉，其詩旨為：「刺封疆之臣也」，但是這首詩前半段對舞獅詳細的描述，亦可讓我們知道獅子舞在唐代的真實情況：西域胡人以兩人一組搭配舞獅，假獅的頭是木刻的，漆上金眼銀齒，獅身以布縫成，上綴長毛，獅尾則綴以長絲，表演時震動著毛衣、搖擺著耳朵，隨著音樂鼓聲跳躍表演，另外，還有戴假面的胡人一起搭檔演出。詩歌前部份是對於獅子舞的描述生動活潑，後半段卻是充滿著淒涼的悲哀，安史之亂後涼州失陷四十年，竟無力收復，對於家園失陷的悲痛與辛酸，白居易最後才會無奈又失望的寫道：「縱無智力未能收，忍取西涼弄為戲。」

    在當時，為白居易好友的詩人元稹亦有〈和李校書新題樂府十二首‧西涼伎〉的詩作，同樣反映西涼此地的風情，其詩句中也提到了「獅子舞」，云：

13. 清聖祖御定，《全唐詩》，（北京：中華書局出版，1996年1月）13冊427卷，頁4702。

獅子搖光毛彩豎，胡姬醉舞筋骨柔。大宛來獻赤汗馬，贊普亦奉翠茸裘。[14]

可知獅子舞搖動光彩的毛，再加上胡姬酒醉後，曼妙的舞姿，配合上節奏的舞動，身體律動的筋骨是相當柔軟，這也說明獅子舞的同時，也搭配著其他相關的舞蹈演出。

舞獅游藝活動歷久彌新，流傳至今不斷的推陳出新，顯示了人們對舞獅游藝的熱愛。今天雜技中的「獅子踏繡球」，結合了蹴球游藝活動和舞獅游藝，可見到滾動的彩球與舞動變化的獅子，兩者結合的天衣無縫、出神入化。

在台灣有單獨個人的演出，摹擬獅子各項動作姿態：打瞌睡、生氣、凶猛、玩耍、戲球、清潔自己的身體……等動作，維妙維肖，令人拍手叫好。而雙人舞獅的演出，更是兩人的默契、配合度的高難度考驗，如今表演者更加鋌而走險，站立在一整排長約十公尺高立的鐵樁上，舞弄跳躍，獅身舞動或軀伏或躍起，做出驚險的動作，更是令人提心吊膽、驚險萬分，最後博得觀眾熱烈的掌聲。

舞獅游藝活動不論是技巧、團隊合作、默契的配合上具有高度的挑戰，又有趨吉避凶、吉祥如意美好的象徵、在民俗體育活動及民間的游藝活動中，都是一項有深遠意義並且具有多項功能的游藝活動，值得大力推展的活動，讓舞獅游藝活動繼續薪火相傳。

14.清聖祖御定，《全唐詩》，（北京：中華書局出版，1996年1月）12冊419卷，頁4616。

詩人小傳

白居易，見第一篇07詩人小傳。

深入思考

一、舞獅活動在皇家有何禁忌？

二、你看過舞獅表演活動嗎？在什麼場合？請說明你觀看後的心得？

三、舞獅游藝活動具有哪些意義？

推薦閱讀

唐代的舞獅遊藝

「舞獅」是民間遊藝活動中最常出現的表演形式。在中國大陸及台灣民間各地的廟宇迎神賽會活動，不論單位、機關或團體，舉行的各項喜事、慶典、遊行活動，甚至於只要有華人地方，都可見到舞獅遊藝活動表演的蹤跡。隨著鑼鼓的喧騰、節奏的激昂振奮、演出藝人精湛的動作姿態，讓靈動的獅子舞神氣活現，吸引眾人目光，表演時或凶猛英勇或詼諧逗趣，姿態不一、巧妙變化，一下子便將熱鬧活潑的氣氛溢滿全場，呈現一片歡慶喜樂的氣象。

舞獅遊藝活動具有悠久的歷史文化，傳承至今日受到所多人的喜愛。不論在中國民間還是台灣各地，因其形式簡單明確、內容可多樣變化、熱鬧喧騰的氣勢、和活潑生動的舞動技藝，普遍受到人們的歡迎和喜愛。本文論述唐代舞獅遊藝的狀況，作為舞獅活動起源的唐代，具有什麼樣的歷史背景、文化內涵、民俗風貌、演出狀況、禁忌及其演變發展，讓我們一同穿越時空，參與唐代舞獅遊藝的實況演出。

一、獅子不產於中國

獅子，是屬於貓科食肉類哺乳動物，具有銳利的鉤爪，棕黃色毛，性凶猛。古時又名「狻猊」、「狻麑」，被稱為「百獸之王」。《爾雅》曰：「狻猊，食虎

豹」注曰：「即獅子也，出西域。」又《宋書》曰：「外國有獅子，威服百獸。」因為獅子在百獸中王者的地位，而藉以象徵人世的權勢與富貴，舊時皇室、王府、陵墓門前大多蹲有一對銅獅或石獅子，用以象徵帝王官府的權勢或鎮宅驅邪避凶，一般而言左邊為雄，爪下踩一繡球，右邊為雌，爪下踩一幼獅，因獅與師同音，民眾多以「師」諧音「獅」表達吉祥祝福的意願，在佛教比喻佛主講為「獅子吼」聲震世界，佛教經典喻獅為佛。《大智度論》云：「佛為人中獅子。」塵世常以此比喻出類拔萃之人，猶如獅子為獸中之王。佛所臥坐稱「獅子座」、「獅子床」這無疑又給獅子增添了神聖、吉祥的意義。

　　獅子並不生存於中國，這是一個眾所週知的事。因為人類喜愛求新，加上中國人喜愛珍奇異寶、異獸的心理作用下，在不同文化交流的經貿關係下，被傳入中國。世界除了中國不是獅子的原生地之外，許多地方都存有獅子，因此許多學者對於獅子的原生地也有分歧的意見。

　　台灣學者殷登國認為：「獅子原是西亞和印度的猛獸，大約在漢代以後由絲路傳入中國，成為皇宮上苑豢養的珍貴動物。因為牠生性凶猛，中國人便想利用牠來驅鬼避邪。所以六朝時的陵墓前，往往雕有神態威猛的石獅子，當時人也稱牠為『狻猊』或『師子』。」（殷登國著，《百戲圖》，（台北：時報文化出版社，1992年3月）頁166）。

　　大陸學者劉蔭柏認為：「獅子並不生於中國，主要產於非洲及南美巴西一帶，身長七、八尺，頭圓而大，尾巴細長，毛黃褐色。雄獅有一頭極威武、極好看的鬃毛，吼聲可達數里，傳說群獸聞之，無不懾服。佛教取其能發大聲震動世界，藉以比喻佛門之神威，所以講究獅子吼。」（劉蔭柏著，《中國古代雜技》，（台北：台灣商務印書館，1996年7月）頁55）。

　　綜合這兩位學者之言，獅子應當是來自西方，大約是西亞、印度和非洲，最早應當是在漢代，由絲路的文化交流而傳入中國。因其威猛的形象，極好看的鬃毛，吼聲可達數里，群獸聞之，無不懾服，成為中國人驅邪避鬼的吉祥之物，不論是帝王將相、民間百姓都喜愛這種可以趨吉避凶的祥獸。

二、獅子舞演出實況

獅子是一種猛獸，具有相當的威嚴，人們會借用牠的形象來舞動，多少會有一些傳說故事。筆者所見，有一學者寫到：「據傳早在公元前466年，在一次戰役中，敵軍士兵持著長茅攻打中原，中原軍隊吃了敗仗，後來他們想百獸都害怕獅子，大象也不例外，於是用布和麻等做成許多假獅子，再塗上五顏六色，又特別張大嘴巴，每個巨獅由兩個士兵披架著，然後迎戰大象軍，結果大象一見張牙舞爪的巨獅，嚇得掉頭跑了，假獅子軍大獲全勝，從此，獅子舞便流傳開了。」（見徐宏智著，《歡樂的日子──中國傳統節日》一書，（瀋陽遼寧出版社，1998年7月，頁20）。此說未註明所據何書，傳說成分濃厚，卻也可提供我們一個有關獅子舞由來的想像空間。

獅子既是外國傳來的異獸，需有一段時間的文化融合，所以舞獅之戲自然也起源較晚。從記載的文獻資料來看，「舞獅」活動是唐朝以後才出現中國的，而且最早的表演舞獅的藝人也是西域的胡人。

據《舊唐書‧音樂志二》載：

太平樂，亦謂之「五方師子舞」。師子鷙獸，出於西南夷天竺、師子等國。綴毛為之，人居其中，像其俛仰馴狎之容。二人持繩秉拂，為習弄之狀。五獅子各立其方色，百四十人歌〈太平樂〉，舞以足，持繩者服飾作崑崙象。（《舊唐書‧音樂志二》）

此外，唐人杜佑的《通典》也載：

太平樂亦謂之「五方師子舞」，師子鷙獸，出于西南夷、天竺、師子等國。綴毛為衣，象其俯仰馴狎之容，二人持繩拂為習弄之狀。五獅子各衣其方色，百四十人歌太平樂舞抃以從之，服飾皆作崑崙象。」（杜佑《通典》卷146〈樂典‧坐部伎〉條）

所載與《舊唐書》文字稍異，其意相近也。另外，又據唐人段安節《樂府雜

錄》中載：

> 戲有五常獅子，高丈餘，各衣五色，每一獅子，有十二人，戴紅抹額，衣畫衣，執紅拂子，謂之『獅子郎舞太平樂曲』。（唐・段安節撰，《樂府雜錄》〈龜茲部〉）

由以上這三項文獻的記載，可知舞獅表演是西域外族人（胡人）的產物，這些地方包括：西南夷、天竺、師子等國人的舞獅表演，傳入中國後被中國人改變成「五方獅子舞」，亦稱為「獅子郎舞太平曲」或「五常獅子舞」。

舞時以十二人一組，共分五組人，分別舞弄青、白、赤、黑、黃五種顏色的獅子；五種顏色的獅子，按東青、西白、南赤、北黑、中央黃的五行方位站立而舞，（這又與中國的陰陽五行、方位之說有密切關係）舞時獅子前面有二人穿鮮豔的彩衣，手執紅拂，戲弄獅子搭配演出。

如果有更大的場合或宮廷盛大的宴會時，另外還有一百四十人穿著崑崙國人的衣飾，歌舞〈太平樂〉，配合舞獅一同表演。這種兩百多人合作的大型舞獅、歌舞表演活動，其聲勢浩大、氣派壯觀、引人入勝，在晚唐、五代時經常出現於宮廷盛會之中，受到大眾的喜愛。

三、獅子舞的禁忌

唐朝時規定「五方師子舞」，只准在宮廷中表演給皇帝看，如果民間有遊藝活動要舞獅表演時，可以舞青獅子、白獅子、赤獅子、黑獅子，唯獨不可以舞黃獅子，因為黃獅子居中、屬黃色、象徵尊貴，是至高無上的，當然只能在皇帝面前舞。唐代大詩人王維，就是因為被人搧動，私下舞起黃獅子，結果被貶官丟了烏紗帽。這算是一件糗事，見載於宋・王讜的《唐語林》一書：

> 王維為大樂承，被人嗾令舞黃獅子，坐是出官。黃獅子者，非天子不舞也，後輩慎之。（宋・王讜撰、周勛初校證，《唐語林校證》，（北京：中華書局，2000年8月）頁486。）

這是唐代獅子舞的禁忌，可見有些禁忌，是一定要遵守的，尤其皇家的威嚴，更是不可掉以輕心。

四、獅子舞的詩歌

唐代是中國詩歌發展極為興盛的時代，關於獅子舞也有詩人紀錄演出的狀況。根據中唐大詩人白居易的一首新樂府〈西涼伎〉，我們可知在唐朝中葉時，已有西域胡人來到長安，藉表演舞獅以謀取衣食了。這是一首七言樂府詩，其詩云：

> 西涼伎，西涼伎。假面胡人假獅子。刻木為頭絲作尾，金鍍眼睛銀帖齒。
> 奮迅毛衣擺雙耳，如從流沙來萬里。紫髯深目兩胡兒，鼓舞跳梁前致辭。
> 應似涼州未陷日，安西都護進來時。須臾云得新消息，安西路絕歸不得。
> 泣向獅子涕雙垂，涼州陷沒知不知。獅子回頭向西望，哀吼一聲觀者悲。
> 貞元邊將愛此曲，醉坐笑看看不足。娛賓犒士宴監軍，獅子胡兒長在目。
> 有一征夫年七十，見弄涼州低面泣。泣罷斂手白將軍，主憂臣辱昔所聞。
> 自從天寶兵戈起，犬戎日夜吞西鄙。涼州陷來四十年，河隴侵將七千里。
> 平時安西萬里疆，今日邊防在鳳翔。緣邊空屯十萬卒，飽食溫衣閒過日。
> 遺民腸斷在涼州，將卒相看無意收。天子每思長痛惜，將軍欲說合慚羞。
> 奈何仍看西涼伎，取笑資歡無所愧。縱無智力未能收，忍取西涼弄為戲。
> （清聖祖御定，《全唐詩》，（北京：中華書局出版，1996年1月）13冊427卷，頁4702。）

白居易的這首新樂府〈西涼伎〉，其詩旨為：「刺封疆之臣也」，但是這首詩前半段對舞獅詳細的描述，亦可讓我們知道獅子舞在唐代的真實情況：西域胡人以兩人一組搭配舞獅，假獅的頭是木刻的，漆上金眼銀齒，獅身以布縫成，上綴長毛，獅尾則綴以長絲，表演時震動著毛衣、搖擺著耳朵，隨著音樂鼓聲跳躍表演，另外還有戴假面的胡人搭檔演出。詩歌前部份是對於獅子舞的描述生動活潑，後半段卻是充滿著淒涼的悲哀，安史之亂後涼州失陷四十年，竟無力收復，對於家園失陷的悲痛與辛酸，白居易最後才會無奈又失望的寫道：「縱無智力未能收，忍取西

涼弄為戲。」

　　在當時，為白居易好友的詩人元稹亦有〈和李校書新題樂府十二首・西涼伎〉的詩作，同樣反映西涼此地的風情，其詩句中也提到了「獅子舞」，云：

　　獅子搖光毛彩豎，胡姬醉舞筋骨柔。大宛來獻赤汗馬，贊普亦奉翠茸裘。
（《全唐詩》12冊，419卷，4616頁。）

　　可知獅子舞搖動光彩的毛，再加上胡姬酒醉後，曼妙的舞姿，配合上節奏的舞動，身體律動的筋骨是相當柔軟，這也說明獅子舞的同時，也搭配著其他相關的舞蹈演出。

五、獅子舞的演變

　　唐代的「獅子舞」廣泛流傳在民間、宮廷和軍中，是中原漢族和居住在河西走廊及西域的兄弟民族所共同喜愛的民間舞蹈。不僅如此，唐帝國還有著強大的文化力影響，唐代的〈太平樂〉傳入日本後，已有很大的變化，據日本的《舞樂圖》載〈太平樂〉不是獅子舞，而是裝扮武士而舞。這又是獅子舞的另一種演變。

　　還有一種被稱之「新羅貘」的獅子舞，這又是另一種相當特別的表演。「『新羅貘』是來自於朝鮮半島的獅子舞。它由一人扮演，除演員頭上罩有獅頭，雙手雙足均有獅頭，造型奇特。《唐舞繪》中保留了『新羅貘』的形象，彌足珍貴。《樂府雜錄》中所記九頭獅子可能即此形姿。」（劉峻驤著，《中國雜技史》北京：文化藝術出版社，頁80）。可知這種表演形式是求新求變下，由一人演出的獅子舞，除了動作靈活之外，其多獅子頭的造型也相當引人入勝。（註：貘：貘大如驢，狀頗似熊，多力，食鐵，所處無不拉。據大陸版《辭海》，源流出版公司，頁1600）。

　　此外，尚有一種被稱之為「亂團轉」的獅子舞。「『亂團轉』是單人手玩獅子頭的一種獅子舞。至今在日本和中國都有傳承，有人說日本的『鏡獅子』，就受其影響。據筆者所見至今在湖南省流傳的民間舞蹈『手獅子』，就是把武術雜技技巧與舞蹈結合在一起的一種獨具特色的舞獅藝術。」（劉峻驤著，《中國雜技史》北

京：文化藝術出版社，頁81。）

　　這種單人手持小獅子頭的舞獅表演，在台灣民間並不陌生，筆者常在民間的迎神賽會時看見：有人手持小獅頭，綠色獅子頭、以紅布為獅身，頭上裝飾小鈴鐺，沿街家家戶戶登門舞弄一番，叮叮噹噹，向主人鞠躬、說些好話，祝福主人平安吉祥、事事如意，討個五元、十元小費，算是皆大歡喜。這也是舞獅另一種型式的表現。

　　今日在中國各地獅子舞的風格、特點各不相同，一般由兩人合作舞一頭大獅又稱「太師」，一人舞一頭小獅子又稱「少獅」，另一人扮武士持彩球逗引。表演上可分「武獅」及「文獅」兩種。「文獅」主要表現獅子的溫馴神態，有搔癢、舔毛、打滾、拉毛、打瞌睡等細膩的動作；「武獅」主要表現獅子的勇猛性格，有跳躍、跌撲、登高、騰轉、踩球等粗獷的動作，具有高度的技藝性。無論是「文獅」或「武獅」，都是民間祝福祈年的風俗活動。大陸江蘇、湖南等地的獅子舞伴有祝詞：「獅子頭上一點青，新年大家喜盈盈，一起同來鬧新春，耍個麒麟送子到貴門。」、「獅子在家轉一轉，家有良田外有店。」在這裡獅子含有兆示祥瑞的巫術內涵，被視做賴以寄載生活願望，蔭庇、致福給人們的降福靈獸。（孫建君主編，《祥禽瑞獸》天津人民出版社，2001年1月，頁90）。

六、結語

　　舞獅遊藝活動一直流傳至今，唐代的演出形式多樣，內容也具多樣變化，不論舞獅的方位、顏色、舞動的禁忌、人數、形式都有一定的規定，可見舞獅遊藝活動受到唐人的重視與喜愛。《唐代文化》一書為獅子舞作一個小結，其云：

　　唐以後，「獅子舞」一直流傳至今。千百年來，聰明智慧的我國人民，用舞蹈來刻畫、表達這種本不產於我國的動物，把它表演的如此生動活潑。在長期的發展過程中，不同地區的人民所創造出來的獅子舞，其形象、動作、風格以及所表現的情感，都有所不同。「獅舞」是我國歷史悠久，流傳很廣式樣很多的優秀民間舞蹈，是吉祥的象徵。（李斌城主編，《唐代文化》，（北京：中國社會科學出版社，2002年2月）頁335～336。）

　　舞獅遊藝活動歷久彌新，流傳至今不斷的推陳出新，顯示了人們對舞獅遊藝的樂愛。今天雜技中的「獅子踏繡球」，結合了蹴球游藝活動和舞獅遊藝，可見到滾動的彩球與舞動變化的獅子，兩者結合的天衣無縫、出神入化。

　　在台灣有單獨個人的演出，摹擬獅子各項動作姿態：打瞌睡、生氣、凶猛、玩耍、戲球、清潔自己的身體……等動作，維妙維肖，令人拍手叫好。而雙人舞獅的演出，更是兩人的默契、配合度的高難度考驗，如今表演者更加鋌而走險，站立在一整排長約十公尺高立的鐵椿上，舞弄跳躍，獅身舞動或踞伏或躍起，做出驚險的動作，更是令人提心吊膽、驚險萬分，最後博得觀眾熱烈的掌聲。

　　舞獅遊藝不論是技巧、團隊合作、默契的配合上具有高度的挑戰，又有趨吉避凶、吉祥如意美好的象徵、在民俗體育活動及民間的遊藝活動中，都是一項有深遠意義並且具有多項功能的遊藝活動，值得大力推展的活動，讓舞獅遊藝活動繼續薪火相傳。

取材自：陳正平撰〈唐代舞獅游藝〉，《國文天地》，第239期，2005年4月，頁50～55。

原文語意

　　王維擔任大樂承的職務時，被人慫恿而命令底下的人舞動黃獅子，因而犯錯而失去官職。舞動黃獅子，是天子所專用的，只有皇上下令才能跳黃獅子舞，後輩的人要謹慎這件事。

知識補帖

民間故事：中國舞獅的由來

請參考：http://www.minghui-school.org/school/article/2005/4/27/43261.html

06 才華洋溢的王勃

「落霞與孤鶩齊飛，秋水共長天一色。」此膾炙人口、流傳千古的詩句是何人作品？乃大詩人王勃之作也。

王勃不僅文思敏捷，而且聰穎過人，十四歲時便寫出流傳千古的文章〈滕王閣序〉，讓當時滕王閣中的賓客大為震驚，被都督閻公讚嘆為「真天才，當垂不朽矣！」可見年少的王勃才華洋溢，具有過人的文思采筆。據五代・王定保撰的《唐摭言》卷五記載：

王勃著滕王閣序，時年十四。都督閻公不之信，勃雖在座，而閻公意屬子婿孟學士為之，已宿構矣。及以紙筆巡讓賓客，勃不辭讓。公大怒，拂衣而起；專令人伺其下筆。第一報云：「南昌故郡，洪都新府。」公曰：「亦是老生常談！」又報云：「星分翼軫，地接衡廬」公聞之，沈吟不言。又云：「落霞與孤鶩齊飛，秋水共長天一色。」公矍然而起曰：「此真天才，當垂不朽矣！」遂亟請宴所，極歡而罷。[15]

此載詳細說明王勃創作〈滕王閣序〉的過程，督都閻公早就安排好了寫作的槍手，是自己的女婿孟學士，並且也

15.五代・王定保撰，《唐摭言》卷五，收錄在《唐五代筆記小說大觀》，（上海：上海古籍出版社，2001年3月）頁1624。

已經構思好，打好了草稿，準備來一個當場及時秀，讓自己的女婿可以大出風頭。

　　但是，當時才十四歲的小伙子王勃卻不懂得辭讓，還大作文章真是不知好歹。難怪閻公會勃然大怒，拂衣而起，請人等他下筆，開始不覺怎樣，到了：「落霞與孤鶩齊飛，秋水共長天一色。」的文句時，閻公矍然而起說：「這真是天才，應當永垂不朽矣！」於是邀請入筵席，極盡歡樂而罷。

　　可見天才的文思與敏捷是藏不住的，面對著優美的景色，身處在這樣的場景下，配合時間、地點、主人的身份地位，加上個人的感懷、歷史、時空背景的呈現，讓此序一出獨領風騷、冠蓋群倫，在唐代的駢體文中首屈一指，就連在整個駢賦歷史中，也佔有重要的地位。

　　王勃最後的〈滕王閣序詩〉寫得也相當的出色，詩云：

滕王高閣臨江渚，珮玉名媛罷歌舞。畫棟朝飛南埔雲，珠簾暮捲西山雨。
閒雲潭影日悠悠，物換星移幾度秋。閣中帝子今何在，檻外長江空自流。[16]

　　詩中點出滕王閣所在的位置，居高臨下，此地有多少的公子名媛在此歌舞歡聚。有雕樑畫棟的華美宮殿建築，亭台樓閣的珠簾，在早晚變化氣象萬千的雲雨下呈現不同風貌。悠閒的浮雲、空澈澄靜的潭影、日光悠遠寧謐，卻物換星移般的度過多少春秋。當時興建滕王閣中的帝子如今何在呢？只有那欄杆外浩浩的長江水空自東流。

16.清聖祖御定，《全唐詩》，（北京：中華書局出版，1996年1月）3冊55卷，頁673。

詩人小傳

　　王勃，字子安，絳州龍門人，文中王子通之孫。六歲時就擅長文辭，還未成人。參加科舉就及第，授朝散郎。曾數獻頌文章，沛王聞其名，召為署府擔任「修撰」一職。當時諸王流行鬥雞游藝活動，勃戲為文，寫了一篇〈檄英王雞〉，觸怒了唐高宗。王勃被廢官職，客居劍南，久而久之，填補虢州參軍一職。王勃父親福時，因犯錯而被貶為交趾令。王勃前往交趾探望父親，坐船渡海時卻溺水，最後驚嚇悸動而死，享年才二十八。王勃喜好讀書，寫作文章剛開始不精思，先磨墨數升，拿被子蓋住臉而臥，突然起來拿起筆就寫，不改動一個字。當時人稱為「腹稿」，與楊炯、盧照鄰、駱賓王皆以文章齊名天下，被稱為「王、楊、盧、駱」，號四傑。王勃有詩集三十卷，今編詩二卷。（據《全唐詩》作者小傳）

深入思考

　　一、請說明天才具有什麼特質？

　　二、請說明「落霞與孤鶩齊飛，秋水共長天一色」詩句所呈現的美感？

　　三、庭台樓閣帶給人們許多感觸，你也有這樣的經驗嗎？請分享。

推薦閱讀

　　王勃〈送杜少府之任蜀川〉：

　　城闕輔三秦，風煙望五津。與君離別意，同時宦遊人。
　　海內存知己，天涯若比鄰。無為在歧路，兒女共沾巾。[17]

---

17. 清聖祖御定，《全唐詩》，（北京：中華書局出版，1996年1月）3冊56卷，頁676。

王勃寫作滕王閣序，當時才十四歲。都督閻公不相信，王勃雖然在座，而閻公意思屬意給自己的女婿孟學士寫，並且在前一夜已經構思好了。當時以紙筆巡請賓客們書寫，大家皆客氣的辭讓，輪到了王勃卻不辭讓。閻公大為生氣，大甩衣袖而站起來；命令一個人等待他下筆。第一次回報說：「南昌故郡，洪都新府。」閻公曰：「也不過是老生常談嘛！」又回報說：「星分翼軫，地接衡廬。」閻公聽了之後，沈吟而不說話。又回報說：「落霞與孤鶩齊飛，秋水共長天一色。」閻公突然驚覺而站了起來說：「這真是一位天才，應當永垂不朽啊！」於是熱情邀請王勃進入宴會場所，極盡歡樂而罷。

關於滕王閣

請參考：http://big5.huaxia.com/jx-tw/jxtb_zjjx_fjms1.htm

07 少女夢寐以求——「嫁得金龜婿」

「嫁得金龜婿」是許多少女夢寐以求的事，指的是嫁給有錢有勢或豪門、高官、富商的人為妻，可以享受不盡的榮華富貴，的確令人羨慕。那麼「金龜婿」跟豪門富宅有何關係？什麼樣的男人可以被稱為「金龜婿」呢？

這個人人稱羨「金龜婿」的美稱，典故是出自唐代詩人李商隱的〈為有〉詩，其詩云：

為有雲屏無限嬌，鳳城寒盡怕春宵。無端嫁得金龜婿，辜負香衾事早朝。[18]

李商隱此詩描寫一貴族女子在冬去春來之時，埋怨身居高官的丈夫，因為要赴早朝而辜負了一刻千金的春宵。

若能「嫁得金龜婿」是件好事，但是「無端嫁得金龜婿」，顯然就有一點遺憾，丈夫擔任高官，雖然擁有尊貴的權勢和顯要的身份地位，卻是要一大早就要趕赴早朝，從女子立場而言，真是辜負了一刻千金的春宵。

「無端嫁得金龜婿」的「金龜」其來有自，原來，「金龜」是漢朝時用黃金鑄成的龜紐官印，用於五品以上的文武百官。「紐」是指印章頂部的雕刻裝飾。通常，印紐上不同的獸形雕刻代表不同的官階。例如：太子、諸侯王、丞相、大將軍等用的是黃金的龜紐印章。往下類推依序是龜紐銀印及龜紐銅印。所以後世便以「金龜」泛指高官之印。

到了唐朝，延續這樣的制度。據《新唐書》卷二十四志第十四〈車服〉載：

---

18. 清聖祖御定，《全唐詩》，（北京：中華書局出版，1996年1月）16冊593卷，頁6168。

　　隨身魚符者，以明貴賤，應召命，左二右一，左者進內，右者隨身。皇太子以玉契召，勘合乃赴。親王以金，庶官以銅，皆題某位、姓名。官有貳者加左右，皆盛以魚袋，三品以上飾以金，五品以上飾以銀。刻姓名者，去官納之，不刻者傳佩相付。[19]

　　由以上記載可知，內外官五品以上，皆隨身佩魚符、魚袋，「以明貴賤，應召命」。魚符以不同的材質制成，「親王以金，庶官以銅，皆題其位、姓名。」裝魚符的魚袋也是「三品以上飾以金，五品以上飾以銀」。武后天授元年（690年）改內外官所佩魚符為龜符，魚袋為龜袋。並規定三品以上龜袋用金飾，四品用銀飾，五品用銅飾。可見，「金龜」既可指用金制成的龜符，還可指以金作飾的龜袋。

　　所以「金龜」指的是唐朝高官象徵身分的金飾龜袋，如劉禹錫〈和董庶中古散調詞贈尹果毅〉一詩中寫到：「行逢里中舊，撲宿昔所嗤。一言合侯王，腰佩黃金龜。」[20]昔日的舊友搖身一變成為腰佩黃金龜的大官。

　　後世遂以「金龜婿」代指身份高貴的女婿。流傳一直沿用到今日，因此，「金龜婿」就是指擁有高官厚祿的夫婿。但在現代漢語中，其「貴」的含義正在逐漸減弱，而「富」的含義卻有逐日加強之勢，由此可見金錢所具有的魅力是不會隨時代改變。

　　現今的「金龜婿」已從早期的三師：律師、會計師、醫師轉變成科技新貴（電子新貴），通常符合所謂身材高、學歷高、薪水高的「三高」條件。當然，還有企業家的第二代，被稱之為小開的，這些豪門新貴，也都成了現代少女們夢寐以求的「金龜婿」。

　　雖然「金龜婿」是一般女孩託付終生的理想伴侶，但不是所有的人都能如願過著幸福美滿的生活，豪門生活雖然有錢有勢，所承受的壓力、婆媳相處、本身自由等諸多問題，也都需要經驗及智慧來面對。

19. 宋・歐陽修、宋祁等撰，《新唐書》，卷二十四志第十四〈車服〉，（台北：洪氏出版社）頁525。

20. 清聖祖御定，《全唐詩》，（北京：中華書局出版，1996年1月）11冊355卷，頁3980。

詩人小傳

李商隱，參見第一篇05詩人小傳。

深入思考

一、豪門權貴人人愛，但是能真正獲得幸福嗎？你覺得真正的幸福是什麼？

二、自古以來人生的追求不外乎名利權勢尊貴，這些東西為什麼這麼迷人？

三、你覺得現代版的「金龜婿」需要具備哪些條件？

推薦閱讀

李白〈對酒憶賀監二首〉并序：

太子賓客賀公，於長安紫極宮一見余，呼余為謫仙人，因解金龜換酒為樂，歿後對酒，悵然有懷，而作是詩。

四明有狂客，風流賀季真。長安一相見，呼我謫仙人。
昔好杯中物，今為松下塵。金龜換酒處，卻憶淚沾巾。
狂客歸四明，山陰道士迎。敕賜鏡湖水，為君臺沼榮。
人亡餘故宅，空有荷花生。念此杳如夢，淒然傷我情。[21]

韋莊〈三堂早春〉：

獨倚危樓四望遙，杏花春陌馬聲驕。池邊冰刃暖初落，山上雪稜寒未銷。
溪送綠波穿郡宅，日移紅影度村橋。主人年少多情味，笑換金龜解珥貂。[22]

21. 清聖祖御定，《全唐詩》，（北京：中華書局出版，1996年1月）6冊182卷，頁1859。

22. 清聖祖御定，《全唐詩》，（北京：中華書局出版，1996年1月）20冊695卷，頁8004。

崔日用〈乞金魚詞〉：

日用為御史中丞，賜紫，是時佩魚須有特恩，因會宴。日用撰詞云云，中宗以
金魚賜之。

臺中鼠子直須誚，信足跳梁上壁龕。倚翻燈脂污張五，還來齧帶報韓三。
莫浪語，直王相。大家必若賜金龜，賣卻貓兒相報賞。**23**

原文語意

　　隨身佩帶魚符的人，用以表明身分的貴賤，接受皇帝命令時應召，左邊二個右
邊一個，左邊者是當作進出內殿的依據，右邊者是隨身佩帶。皇太子以玉契召喚，
要應驗身分勘合時才可進入。親王用金的，一般的官員用銅的，上面都寫上了職
位、姓名。官位有兩個的加上左右邊，都用魚符袋裝著，三品以上的官員用金當裝
飾，五品以上的官員用銀當裝飾。刻有姓名的人，離去官時就自行收納，沒有刻者
就要將傳佩繳納回去。

知識補帖

台灣龜主題館／龜與文化
請參考：http://140.121.182.68/cuora/turtleweb/culture.htm

23.清聖祖御定，《全唐詩》，（北京：中華書局出版，1996年1月）25冊869卷，頁9849。

08 「日日醉如泥」的李白

　　偉大詩人李白愛喝酒是有名的，從他所寫的許多詩中可以發現：人生若無酒，這位詩仙一定會寂寞而死。李白的太太不知對於他喝酒的事有什麼樣的看法？一般而言，喝酒是為了氣氛，熱絡場面讓賓主盡歡，但是若不知節制日日醉如泥，恐怕老婆大人也難以忍受。李白的〈贈內〉一詩：

　　三百六十日，日日醉如泥。雖為李白婦，何異太常妻。**24**

　　詩意淺顯易懂，大家熟知「爛醉如泥」的典故，即出於此。對嗜酒如命的李白而言，一日不可無此「君」。關於「太常妻」一詞，據《後漢書》卷七十九下〈儒林列傳下・周澤〉載：

　　十二年，以澤行司徒事，如真。澤性簡，忽威儀，頗失宰相之望。數月，復為太常。清絜循行，盡敬宗廟。常臥疾齋宮，其妻哀澤老病，闚問所苦。澤大怒，以妻干犯齋禁，遂收送詔獄謝罪。當世疑其詭激。時人為之語曰：「生世不諧，作太常妻，一歲三百六十日，三百五十九日齋。」**25**

　　唐・李賢注：「《漢官儀》此下云：一日不齋醉如泥。」可知這位周澤老兄也是一樣嗜酒如命，一日不齋戒就爛醉如泥。

　　喝酒是一種習慣，是一種嗜好，也是一種生活品味，更可以是一種文化，好久

24.清聖祖御定，《全唐詩》，（北京：中華書局出版，1996年1月）6冊184卷，頁1884。
25.宋・范曄撰，唐・李賢等注，《後漢書》卷七十九下〈儒林列傳下・周澤〉，（台北：洪氏出版社，1978年）頁2579。

不見的好友小酌幾杯話家常別有情趣；離別送行時豪爽狂飲展現壯志豪情；喜宴上祝福的氣氛，喝上幾口喜酒沾沾喜氣；慶功宴上的杯晃交錯，欣喜目標的達成與成果；情人約會浪漫甜蜜小酌，情調柔美不在話下。酒是人際關係的催化劑，活絡氣氛的最佳利器，酒精在血液裡流竄，人也隨之亢奮熱絡起來。但是飲酒還是要適當、適量，適可而止，否則酒後亂性、酒後胡言亂語、酒後醜態百出，就讓人不敢恭維了。

詩人小傳

李白，見第一篇01詩人小傳。

深入思考

一、喝酒具有哪些作用？

二、對嗜酒如命的人該如何處理？

三、台灣人飲酒的文化為何？

原文語意

十二年時，周澤擔任司徒的工作，後來果真作了這樣職務。周澤的生性簡約，偶而有威儀的樣子，頗失宰相的威望。數個月之後，又擔任太常的工作。清潔依循工作行事，盡心恭敬宗廟。常常生病而在齋宮中，他的太太哀憐周澤年老又常生病，偷看並且關心他所苦的。周澤大發脾氣，認為他的太太犯了齋戒的禁忌，於是收送詔獄謝罪。當世的人懷疑他詭譎激辯。當時的人流傳這樣的話：「生在世不和諧，作了太常的太太，一年有三百六十天，三百五十九天都是齋戒日。」

推薦閱讀

白居易〈贈內〉：

生為同室親，死為同穴塵。他人尚相勉，而況我與君。
黔婁固窮士，妻賢忘其貧。冀缺一農夫，妻敬儼如賓。
陶潛不營生，翟氏自爨薪。梁鴻不肯仕，孟光甘布裙。
君雖不讀書，此事耳亦聞。至此千載後，傳是何如人。
人生未死間，不能忘其身。所須者衣食，不過飽與溫。
蔬食足充飢，何必膏粱珍。繪絮足禦寒，何必錦繡文。

君家有貽訓，清白遺子孫。我亦貞苦士，與君新結婚。

庶保貧與素，偕老同欣欣。

白居易〈贈內〉：

漠漠闇苔新雨地，微微涼露欲秋天。

莫對月明思往事，損君顏色減君年。

知識補帖

夫妻之間常互稱「老公」、「老婆」，這是怎麼來的呢？

有一個特別的冷笑話：問什麼東西一夜之間老最快？答案：是新郎及新娘。為什麼？因為只隔了一夜之後，就互相稱為「老公」及「老婆」了。

夫妻之間常互稱「老公」、「老婆」，這是怎麼來的呢？相傳此稱呼最早出現於唐代，距離今日已有一千三百多年了。唐時，有一位書生名叫麥愛新，他考中功名之後，不久便覺得自己的妻子已經年老色衰，風韻不再，於是有了心生嫌棄老妻，再納新歡的想法。有一天，他寫了一副上聯放在桌前，上聯是：「荷敗蓮殘，落葉歸根成老藕。」恰巧，這上聯被他的妻子看到了。

妻子也是聰明人，從聯意中察覺到丈夫有了棄老納新的念頭，便提筆續寫了下聯：「禾黃稻熟，吹糠見米現新糧。」以「禾稻」對「荷蓮」，以「新糧」對「老藕」，以植物對植物，新對老，不僅對得十分工整貼切，新穎通俗，而且「新糧」與「新娘」諧音，讀起來饒富趣味，也深富意涵。

麥愛新讀了妻子的下聯，被妻子敏捷的才思和深情款款所打動，便放棄了納妾的念頭。妻子見丈夫不忘舊情，回心轉意，於是揮筆寫道：「老公十分公道。」麥愛新也揮筆續寫了下聯：「老婆一片婆心。」這兩聯也對得十分貼切，「老公」對「老婆」，「十分」對「一片」，「公道」對「婆心」相當有趣而別致，也可見兩

人的才思，的確為佳偶一對。這個饒富趣味帶有教育意義的故事，在民間很快就流傳開來。民間也有了夫妻間互稱「老公」和「老婆」的習俗。

參考取材自：http://wedding.100fun.com/article?aid=116

第五篇

奇聞妙趣的新鮮事

01　全身刺青刻上了白居易的詩

　　偉大的社會寫實詩人白居易，詩歌通俗，老嫗都解，在當時即以詩歌聞名，具有良好的名聲，受到大家的喜愛。唐人讀詩、寫詩、愛詩、吟詩成為生活的一部份，但是熱愛一個人的詩歌，到了要將詩歌刺青在身上，這樣瘋狂的舉動和行為，在歷史上絕對是「空前絕後」的事，據唐人段成式的《酉陽雜俎》前集卷八中，記載了這樣新奇有趣的事：

　　荊州街子葛清，勇不膚撓，自頸以下，遍刺白居易舍人詩。成式嘗與荊客陳至呼觀之，令其自解，背上亦能暗記。反手指其札處，至「不是此花偏愛菊」，則有一人持杯臨菊叢；又「黃夾纈林寒有葉」，則指一樹，樹上掛纈，纈窠鎖勝絕細，凡刻三十首餘，體無完膚，陳至呼為「白舍人行詩圖」也。**1**

　　這位荊州男子葛清，的確十分勇敢又特別，全身刺青刻上了白居易的詩句，不僅如此，還配上圖畫，真是圖文並茂，難怪陳至呼要稱他為「白舍人行詩圖」，是一個活動的詩歌圖案看板，可以到處活動展現他所喜愛白居易的詩歌及圖案。若在當時與白居易相遇，脫去上衣，呈現詩句、圖案，真不知白居易會作何感想，感謝他的厚愛？還是感動遇到知音？

　　筆者查證了白居易的這兩首詩，其實有一首是他的好友元稹寫的，元稹的詩題為〈菊花〉，詩如下：

---

1. 唐・段成式《酉陽雜俎》前集卷八，收錄在《唐五代筆記小說大觀》，（上海：上海古籍出版社，2001年3月）頁614。

秋叢繞舍似陶家，遍繞籬邊日漸斜。不是花中偏愛菊，此花開盡更無花。**2**

而白居易的詩是〈禁中九日對菊花酒憶元九〉，其詩如下：

賜酒盈杯誰共持，宮花滿把獨相思。相思只傍花邊立，盡日吟君詠菊詩。（元詩云：不是花中偏愛菊，此花開盡更無花。）**3**

白居易是唱和之作，在重陽節這一天飲菊花酒，回想起他的好友元稹，整天吟詠元稹的菊花詩。所以當時這位白居易忠實的詩迷，用現代話云死忠的「粉絲」，將這兩首詩皆刺青在身上，真是瘋狂的行為。另一首白居易的詩題為〈泛太湖書事寄微之〉，其詩如下：

煙渚雲帆處處通，飄然舟似入虛空。玉杯淺酌巡初匝，金管徐吹曲未終。
黃夾纈林寒有葉，碧琉璃水淨無風。避旗飛鷺翩翻白，驚鼓跳魚撥剌紅。
澗雪塵多松偃蹇，巖泉滴久石玲瓏。書為故事留湖上，（所見勝景，多記在湖中石上。）吟作新詩寄浙東。
軍府威容從道盛，江山氣色定知同。報君一事君應羨，五宿澄波皓月中。**4**

白居易此首詩題為〈泛太湖書事寄微之〉，乃泛舟太湖書所見的景象以寄微之，詩中所描寫煙渚上雲帆處處，飄然如入虛空之境，有玉杯淺酌、音樂演奏，所見到的景色是「黃夾纈林寒有葉，碧琉璃水淨無風」，描寫秋天淨朗的寒林黃夾，以及如碧琉璃般無暇的水面，寫來清新舒脫，接下來又描寫飛鷺與跳魚，以翻白和刺紅鮮明的顏色點染，飛鷺與跳魚的靈動姿態，躍然於紙上。

此外，唐人文身刺青的情況也相當普遍，但是大多數皆是地方惡少、市井無賴

---

2. 清聖祖御定，《全唐詩》，（北京：中華書局出版，1996年1月）12冊411卷，頁4560。
3. 清聖祖御定，《全唐詩》，（北京：中華書局出版，1996年1月）13冊437卷，頁4843。
4. 清聖祖御定，《全唐詩》，（北京：中華書局出版，1996年1月）13冊447卷，頁5025。

之類。有些地方長官嚴令禁止，甚至殺害刺青的人。據《酉陽雜俎》前集卷八中，記載了：

今京兆薛公元賞，上三日，令里長淺捕約三十餘人，悉杖殺，屍於市。市有人點青者，皆炙滅之。[5]

可見刺青在當時也要冒著生命的危險。

有人更離譜，當時大寧坊力者張幹，在左手臂上刺青上「生不怕京兆尹」，在右手臂上刺青上「死不畏閻羅王」[6]，京兆尹是長安城的都城護衛大官，如同今日台北市警局局長，是治安單位高階警官，連大官都不怕了，真是「目中無人」、「膽大包天」。又有王力奴者，以錢五千請人刺青，刺在胸腹前，有山水、庭院、池樹、草木、鳥獸，相當完備俱全，也很細膩地塗上各種顏色。但是最後這兩位也都被杖殺了。[7]

5. 唐・段成式《酉陽雜俎》前集卷八，收錄在《唐五代筆記小說大觀》，（上海：上海古籍出版社，2001年3月）頁613。
6. 唐・段成式《酉陽雜俎》前集卷八，收錄在《唐五代筆記小說大觀》，（上海：上海古籍出版社，2001年3月）頁613。
7. 唐・段成式《酉陽雜俎》前集卷八，收錄在《唐五代筆記小說大觀》，（上海：上海古籍出版社，2001年3月）頁613。

詩人小傳

白居易，見第一篇07詩人小傳。

深入思考

一、「刺青」自古以來就是一個爭議不斷的話題，在自己身上刺上圖案，是一種什麼樣的心理？

二、現代人也流行「刺青」，談一談你對「刺青」的看法？

三、青少年間流行「刺青貼紙」是基於什麼樣的心理？

推薦閱讀

《莊子》〈逍遙遊〉：

宋人資章甫，而適諸越，越人斷髮文身，無所用之。

原文語意

一、荊州的街上有一名男子葛清，相當勇敢，不怕皮膚受到刺青之痛，從頸子以下，全身遍刺白居易舍人的詩。段成式曾經與荊州的客人陳至呼一起觀看，並請他解釋詩句，連刻在背後的也能暗地背誦出來，反手指其刺青處，到了「不是此花偏愛菊」詩句的地方，則有一個人手中拿著酒杯面臨著菊花叢；又到了「黃夾纈林寒有葉」詩句的地方，則指一樹，樹上掛有纈，纈巢雕刻的紋路相當精細完美，全身上上下下總共刺青了三十首詩，體無完膚，陳至呼稱他為「白舍人行詩圖」。

二、今日京兆尹薛公元賞，上任後三日，命令里長捕捉身上有刺青的共約有三十餘人，全部都杖殺了，並且將屍體棄於市集。市集上有人刺青的人，都將刺青去除。

知識補帖

刺青

　　刺青這一種文化，在人類的歷史裡與民族的進化、環境、習俗都有密切的關係。早期人類用刺青或在身上繪上圖案來區分敵我，等到較文明有衣服穿之後，就用衣帽的樣式、顏色來區分敵我，進而取代了刺青，刺青的功能雖改變了，但是仍繼續遺留在人類社會中。有些是因為地域性的風俗習慣而產生，如莊子〈逍遙遊〉中寫到的「越人斷髮文身」，南方的越人因氣候炎熱，而以短髮及紋身刺青的方式來呈現，這是刺青與環境和習俗有關。

　　而古代的中國，早在春秋戰國與秦、漢交替之際，便有所謂的「鯨刑」，在臉上繪圖畫做為懲罰犯者的記號，這當然是見不得人的事，因此尚有許多人留有刺青等於不法的觀念，其實刺青這件事也已經隨時代改變它的意義。近代女仕們的紋眉、紋眼線都是屬於刺青的範圍，現代年輕人將刺青當作一種流行，在自己身上刺青，怕痛者則用「紋身貼紙」，可選圖案又可清除，在自己身上大做文章，與眾不同，為了標新立異或是引起注意，歐美國家更把刺青當成是一種「人皮藝術」或「紋身藝術」。

　　再如，台灣的原住民同胞早期亦有「黥面」的習俗，在原住民的泰雅族人中有此黥面文化，泰雅族人的紋面是生命的表徵，男子紋面必須在打獵、戰場時有英勇的表現，才能紋面。女子則需有姣好的面貌及織布的本領才有資格紋面，或女人出嫁後代表貞潔，忠於丈夫的表示。男性一向刺額紋與頤紋，女性則刺額紋與頰紋。

　　因此，刺青、紋身或黥面，代表了一種民族的風俗習性，有其背後深刻的涵意，是一種文化，是一種風俗，是一種藝術，也是一種民族圖騰的信仰，也可能是一種流行的新趨勢。

參考取材自：http://www.shenzhiyi.com.tw/qa_detail.php?id=4

02　因詩感念顧非熊再生

　　生離死別是人生中難以承受的大事，江淹〈別賦〉云：「黯然銷魂者，惟別而已矣！」但這也卻是人生中不得不經歷無奈的事。蘇東坡云：「人有悲歡離合，月有陰晴圓缺。」更是說明人生難有完美十全的事。

　　唐詩人顧況，字逋翁，官著作郎，好輕侮朝士，貶在江外，多與僧道交游。當時居住在茅山，晚年喪一子，年十七，其子魂遊，恍恍惚惚如同在夢中，不願離開他的家。顧況晚年喪子悲痛不已、追悼哀切，因而作詩，十分悲傷難過吟詠哭泣，其〈傷子〉詩云：

　　老人喪一子，日暮泣成血。心逐斷猿驚，跡隨飛鳥滅。老人年七十，不作多時別。[8]

　　老年喪子的哀慟溢於言表，藉由這首詩歌表露無遺。奇妙的事情發生了，其子冥冥中聽了這首詩而感動不已，因而自己發誓，若再生而為人，當願再成為顧家的孩子。經幾天後，如同被帶到一個地方去，好像縣府衙門，下令要托生在顧家，再來便無所知。恍恍惚惚中突然覺醒，打開眼睛認得家裡的樣子，兄弟親愛滿身旁，唯不能講話。當他出生，以後又不記得。到了七歲時的某一天，他的哥哥戲批他，他忽然說：「我是你的兄長，為何要批評我！」全家人大為驚異！於是一一述說上輩子的事情，每一件事情都確實無誤，連弟妹的小名皆能呼喊出來，令全家人嘖嘖稱奇、直呼不可思議，此人即進士顧非熊。

　　此事件記載於唐人段成式的《酉陽雜俎》前集卷十三，令人覺得不可思議，段

---

8. 清聖祖御定，《全唐詩》，（北京：中華書局出版，1996年1月）8冊264卷，頁2932。一作：老夫哭愛子，日暮千行血。聲逐斷猿悲，跡隨飛鳥滅。老夫已七十，不作多時別。

成式書中還說：「即進士顧非熊，成式常訪之，涕泣為成式言。」此言更加強了這件事情的真實性。此外，孫光憲的《北夢瑣言》卷第八中亦記載此事，其中云：

　　唐著作郎顧況，字逋翁，好輕侮朝士，貶在江外，多與僧道交游。時居茅山，暮年有一子，即非熊前身也，一旦暴亡。況追悼哀切，所不忍言，乃吟曰：「老人喪愛子，日暮泣成血。老人年七十，不作多時別。」非熊在冥間聞之，甚悲憶，遂以情告冥官，皆憫之，遂商量卻令生于況家。三歲能言冥間聞父苦吟，卻求再生之事歷歷然。長成應舉，擢進士第，或有朝士問，即垂泣而言之。[9]

　　上記載中顧況所做的詩曰：「老人喪愛子，日暮泣成血。老人年七十，不作多時別。」文字與之前不同，但都可以感受一位老人痛失愛子的心情，泣淚成血、情何以堪，白髮人送黑髮人是人間的至痛悲劇，充滿無奈。

　　當事與願違時，彌補了願望是最佳的方式，但是生離死別卻是最難令人承受的，又無法挽回的事實。顧況老來喪子，無疑是一種不可言喻的哀痛，而顧非熊的再生顧家，不正是一種民俗心理的願望和補償作用，或是至真至情感動天地鬼神的一種巧妙安排，神奇又玄妙，真是不可思議。

9. 五代‧孫光憲撰，《北夢瑣言》卷第八，收錄在《唐五代筆記小說大觀》，（上海：上海古籍出版社，2001年3月）頁1876。

詩人小傳

　　顧況，字逋翁，海鹽人，唐肅宗至德年間的進士，擅長於歌詩，個性好詼諧幽默，曾經擔任韓滉節度判官，與柳渾、李泌善交。後來柳渾輔政，以校書的職位徵求他，李泌擔任宰相，被遷貶為著作郎，鬱鬱寡歡，悶悶不樂，請求歸還，作詩語調謔嬉戲，被貶為饒州司戶參軍，後來隱居茅山，以此壽終。有詩集二十卷，今編詩四卷。

深入思考

　　一、這個故事帶給你什麼樣的啟示？
　　二、你相信所謂的「輪迴轉世」之說嗎？
　　三、多年前流行一本書《前世今生》，描寫人的生命會不斷的輪迴轉世，請提
　　　　出你的看法？

推薦閱讀

　　布萊恩‧魏斯著，譚智華譯，《前世今生》（張老師文化事業股份有限公司出版，1992年10月1日）。
　　陶文祥著，《輪迴生死書》──一場穿梭前世今生的時空之旅（知識風出版社，2004年3月1日）。

原文語意

　　唐代的著作郎顧況，字逋翁，喜好輕侮朝廷中的官員，被貶在江外，多與僧人道士交游。當時居住在茅山，暮年時有一子，即是顧非熊的前身，有一天突然暴斃身亡。顧況追悼哀切不已，內心悲痛無法言語，於是吟詠著詩歌，詩是這樣寫的：「老人喪失了愛子，日暮哭泣成血。老人已經年紀七十歲了，不多久時也將要離別。」顧非熊在冥間聽聞，十分悲傷難過念念不忘，於是將這件事情向冥官報告，

大家都憐憫他的遭遇，於是商量命令重新出生於況家。三歲的時候能說在冥間聽聞
父親的苦吟，要求再生況家的事歷歷在目。長大以後參加科舉考試，考上了進士及
第，如果有朝士問起這件事，還是會留下眼淚而告訴他。

03 千里神交的友情

　　「人之相交，貴相知心」，一份真摯的友情，如酒一樣越陳越香，像「管鮑之交」的友情世上有幾人。伯牙與鍾子期的相遇，奏高山流水以何慚？不幸鍾子期去世，伯牙摔琴謝知音，終生不再彈琴，也說明世上知音難尋，俗語說：「一生一死，交情乃見。」都說明人與人之間微妙的情誼。

　　唐‧孟棨的《本事詩》中記載了一則千里神交的友情：

　　元相公積為御史，鞫獄梓潼。時白尚書在京，與名輩遊慈恩，小酌花下，為詩寄元曰：「花時同醉破春愁，醉折花枝當酒籌。忽憶故人天際去，計程今日到梁州。」時元果及褒城，亦寄夢遊詩曰：「夢君兄弟曲江頭，也向慈恩院裡遊。驛吏換人排馬去，忽驚身在古梁州。」千里神交，何若符契，友朋之道，不期至歟？[10]

　　由此載可知元積與白居易兩人的情誼深厚，已經有了絕佳的默契，兩人雖然相隔千里之遠，心念卻能相契合，正是所謂「心有靈犀一點通」。當時白居易所寫的〈同李十一醉憶元九〉詩：

　　花時同醉破春愁，醉折花枝當酒籌。忽憶故人天際去，計程今日到梁州。[11]

　　白居易詩中寫到與友人李十一在花間喝醉酒之後「忽憶故人天際去，計程今日到梁州。」突然想到了好朋友遠離至梁州，算一算啟程至今日應該到了梁州。果然

10.唐‧孟棨撰，《本事詩》，收錄在《唐五代筆記小說大觀》，（上海：上海古籍出版社，2001年3月）頁1250。
11.清聖祖御定，《全唐詩》，（北京：中華書局出版，1996年1月）13冊437卷，頁4842。

元稹到了梁州，念念不忘的是長安京城裡的這些詩友，晚上作夢與這些好友同遊曲江。

元稹的〈梁州夢〉一詩，詩序云：「是夜宿漢川驛。夢與杓植、樂天同遊曲江。兼入慈恩寺諸院。倏然而寤。則遞承及階。郵吏已傳呼報曉矣。」詩云：

夢君兄弟曲江頭，也向慈恩院院遊。亭吏喚人排馬去，忽驚身在古梁州。**12**

元稹的〈梁州夢〉一詩其實不是夢見梁州，而是夢見長安，與昔日的諸君兄弟一起遊玩曲江，還有慈恩寺諸院，顯然昔日情誼深植作者心中才會耿耿於懷、念念不忘，「亭吏喚人排馬去，忽驚身在古梁州。」到了亭吏呼喚人排馬去時，忽然才驚醒自己現在身在古梁州。

元稹與白居易兩人的情誼由此可見一斑，兩人有此交情，真可謂知音。兩人在詩歌的表現上，同樣是關懷社會狀況、諷喻時政，並以淺白通俗的文字記錄，也為兩人贏得了「元白」並稱的美名。

12.清聖祖御定，《全唐詩》，（北京：中華書局出版，1996年1月）12冊412，頁4568。

詩人小傳

元稹，字微之，河南河內人。幼孤，母親鄭氏賢慧而擅長文學。親自教授書傳，後來考取了明經、書判，進入官職。曾補校書郎。元和年初時，參加應制策考了第一名。擔任左拾遺官職，歷任監察御史，因坐事而被貶江陵。後又遷徙通州擔任司馬。後來又自虢州長史徵為膳部員外郎，拜祠部郎中、知制誥。後來受到皇帝的召見入翰林為中書舍人、承旨學士，又升官至工部侍郎同平章事。沒多久之後罷相。出為同州刺史，改越州刺史，兼御史大夫、浙東觀察史。到了太和年初時，入朝廷擔任尚書左丞、檢校戶部尚書，兼鄂州刺史，武昌軍節度史。年五十三卒。追贈為尚書右僕射。元稹自少與白居易倡和，當時言詩者並稱「元白」，號為元和體。其集與居易同名長慶，今編詩二十八卷。

白居易，見第一篇07詩人小傳。

深入思考

一、「人之相交，貴相知心」，一份真摯的友情，如酒一樣越陳越香，像「管鮑之交」的友情世上有幾人，請你對「友情」敘述個人的感想？

二、「心有靈犀一點通」有時人的想法相近、所見相同，請你舉出生活中的實例加以說明？

三、「千里神交」的故事帶給你什麼感受？

推薦閱讀

賈島〈不欺〉：

上不欺星辰，下不欺鬼神。知心兩如此，然後何所陳。
食魚味在鮮，食蓼味在辛。掘井須到流，結交須到頭。

此語誠不謬，敵君三萬秋。**13**

原文語意

　　相公元積擔任御史時，鞫獄梓潼。當時白居易尚書在京城，與名輩同遊慈恩寺，在花下小酌，寫了一首詩寄給元積，這首詩寫：「花開時一同醉倒解除春天的憂愁，喝醉酒時折花枝來當作酒令的籌碼。忽然之間想到好朋友離開向天際而去，計算一下時程今天應該來到了梁州。」當時元積到了褒城，也寫了一首詩寄夢遊，這首詩說：「夢見君兄弟在曲江頭，大家一同在慈恩院裡遊玩。驛站的小官吏換人排馬去，忽然驚覺我此身在古梁州。」千里之遠的神交，竟是如此契合，友朋之間的情感，盡在其中啊？

知識補帖

知音

　　人們常說：「知音難尋」，「知音」此兩字指的是交心知己的好朋友。「知音」典故的由來，相傳古時的伯牙善於彈琴，而鍾子期則善於聽琴。當伯牙琴彈到志在高山的曲調時，鍾子期就說：「峨峨兮若泰山」；彈到志在流水的曲調時，鍾子期又說：「洋洋兮若江河」。一人彈琴另一人能深刻感受所彈琴聲琴韻的內涵，真是十分難得。後來鍾子期死了，伯牙將琴摔壞，從此終身不再彈琴，歷史上有所謂「摔琴謝知音」說法，以為沒有人能像鍾子期那樣懂得自己琴音的意志。後來便以「知音」比喻對自己非常瞭解的人，如：你真是我的知音。人生在世，了解自己已經不容易，還要去了解別人更難，故云「知音難尋」又云：「人生得一知己，死而無憾。」說明人生在世知心朋友之難得。

13.清聖祖御定，《全唐詩》，（北京：中華書局出版，1996年1月）17冊571，頁6620。

04　超炫的黑色唇膏──唐代婦女奇特的化妝

　　所謂「女為悅己者容」，自古以來愛美一直是人類自然的天性，對女子而言，更是生命中重要的部份。為了要有「沈魚落雁」之姿、「閉月羞花」之貌，各式各樣的化妝、修飾、裝扮成為女子的必需品，所以至今坊間最好賺的錢，是女人的化妝品錢，各式各樣的化妝品、保養品、面膜、修護液、美白霜、防曬乳液、遮瑕膏、除斑膏……等等與化妝相關的產品，真是琳瑯滿目、不勝枚舉，可見美容產業是一項不會退流行的產業。

　　大約在中、晚唐時期，長安的婦女在化妝上求新求變，為了創新，或是標新立異與眾不同，更以黑色的胭脂塗嘴唇、雙眉化妝成八字低為美的化妝時尚。白居易新樂府中著名的〈時世妝〉一詩描寫：

　　時世妝，時世妝，出自城中傳四方。時世流行無遠近，腮不施朱面無粉。烏膏注唇唇似泥，雙眉畫作八字低。妍媸黑白失本態，妝成盡似含悲啼。圓鬟無鬢椎髻樣，斜紅不暈赭面狀。昔聞被髮伊川中，辛有見之知有戎。元和妝梳君記取，髻椎面赭非華風。[14]

　　白居易〈時世妝〉一詩的寓意是儆戒也（一作儆將變也），這種顛覆傳統，另類的化妝術，真是驚世駭俗，令人一新耳目，詩中寫到：「烏膏注唇唇似泥，雙眉畫作八字低。」以我們現代的話來解釋，即是在嘴唇塗上了黑色的唇膏，雙眉畫成像八字的模樣，在一千三百多年前的唐代，這樣的裝扮真的是超炫、超酷、超乎想

14.清聖祖御定，《全唐詩》，（北京：中華書局出版，1996年1月）13冊427卷，頁4705。

像，勇於突破創新，引領時尚的流行，當然，美醜的判斷因人而異，衛道人士堅守禮法者，覺得無法接受，所以白居易在最後時告誡說：「元和妝梳君記取，髻椎面赭非華風。」認為元和時期的這種梳妝打扮要記取，這並不是中華的風俗。

　　若完整一點來看當時的裝扮，白居易詩中寫到：「時世流行無遠近，腮不施朱面無粉。烏膏注脣脣似泥，雙眉畫作八字低。妍媸黑白失本態，妝成盡似含悲啼。」沒有腮紅、不施粉、塗上黑色的脣膏、畫上八字眉、失去了原本的姿態、化妝完成後像是含悲啼，這樣的裝扮真是作風大膽、十分前衛新潮，果能帶動風潮，成為當時流行的趨勢。然而，再仔細想想，白居易顯然有與眾不同的觀點，試想滿城貴婦、少女，都是這種「含悲啼」的妝扮，沒有了像陽光般的燦爛笑容，充滿了烏煙瘴氣，一定會大大影響人們良善風俗與士氣，恐會招來不祥，這是白居易所擔憂的，所以他提出了「儆戒」的寓意。

　　當然，如前所言，美醜的審美標準，本就沒有一定的標準，一成不變的風氣下，若有標新立異者突出，大膽與眾不同，是對美另類的詮釋或是另一種的反動與挑戰，也成為一項有趣的話題，「以醜為美」，或是顛覆傳統的價值美，讓我們看到唐代吸收外來文化的接受能力和多元變化的價值取向，以及人們求新求變的開明風尚。

詩人小傳

白居易，見第一篇07詩人小傳。

深入思考

一、唐代時世妝的化妝方式，帶給你什麼感受？
二、化妝已經成為今日社會的一種禮儀，如何化才能得體適宜？
三、求新求變、與眾不同與「搞笑作怪」，兩者主要的差別為何？

推薦閱讀

白居易新樂府〈上陽白髮人〉愍怨曠也：

天寶五載已後，楊貴妃專寵，後宮人無復進幸矣。六宮有美色者，輒置別所，上陽是其一也。貞元中，尚存焉。

上陽人，紅顏闇老白髮新。綠衣監使守宮門，一閉上陽多少春。
玄宗末歲初選入，入時十六今六十。同時采擇百餘人，零落年深殘此身。
憶昔吞悲別親族，扶入車中不教哭。皆云入內便承恩，臉似芙蓉胸似玉。
未容君王得見面，已被楊妃遙側目。妒令潛配上陽宮，一生遂向空房宿。
宿空房，秋夜長，夜長無寐天不明。耿耿殘燈照背影，
蕭蕭暗雨打窗聲。春日遲，日遲獨坐天難暮，宮鶯百囀愁厭聞。
梁燕雙棲老休妒，鶯歸燕去長悄然。春往秋來不記年，唯向深宮望明月。
東西四五百迴圓，今日宮中年最老，大家遙賜尚書號。小頭鞋履窄衣裳，
青黛點眉眉細長，外人不見見應笑，天寶末年時世妝。上陽人，苦最多。
少亦苦，老亦苦，少苦老苦兩如何。君不見昔時呂向美人賦，（天寶末，有密采豔色者，當時號花鳥使。呂向獻美人賦以諷之。）

又不見今日上陽白髮歌。[15]

 知識補帖

花鈿

請參考：http://tw.myblog.yahoo.com/jw!jgUWV..YERmeMKDUimupzw6K/article?mid=468

05　半段刀將軍——哥舒翰

　　自古以來有所謂的「一將功成萬骨枯」，一位將軍的誕生，可能需要犧牲多少人的生命才能換來，一位將軍的養成，需有過人的英勇與膽識，才能領導軍士官兵，指揮旌旗，馳騁戰場，成為一位叱吒風雲的英雄人物。

　　唐代有名的大將軍——哥舒翰，具有不凡的膽識與過人的英勇。哥舒翰能讀左傳、春秋、漢書通曉大義，為左衛郎將，吐蕃盜邊境時，哥舒翰持半段刀迎擊，所向披靡，將敵軍打敗得落花流水，後被提拔為河源軍使，築神威軍，由是吐蕃不敢近青海，最後被進封為「西平郡王」。

　　持半段刀在戰場上迎敵，且所向披靡，不僅要有過人的勇氣膽識，更要有良好的作戰能力與經驗，才能克敵致勝，將敵人打敗。甚至讓敵人膽怯，心生害怕不敢越雷池一步，可見其威嚇足以令人膽戰心驚。兵法上云：「不戰而勝」是戰爭的最高境界，「不戰而屈人之兵，決勝於千里之外」更是戰爭的最高藝術，這當然需要有一位名聲威嚴、震響遠近的人物，唐代大將軍哥舒翰，便具有著這樣迷人的特質。

　　在西鄙人所寫的詩〈哥舒歌〉：「天寶中，哥舒翰為安西節度使，控地數千里，甚著威令，故西鄙人歌此。」中，透露了這樣的訊息，其詩云：

北斗七星高，哥舒夜帶刀。至今窺牧馬，不敢過臨洮。**16**

這首〈哥舒歌〉是在天寶年間，哥舒翰被派為安西節度使，控地數千里，甚著威令，敵人不敢越雷池一步，所以西鄙人寫作了此歌來讚揚他。這首詩從側面寫出哥舒翰的英勇及威嚴，在月黑風高的夜晚，只有北斗七星隱隱約約地發出黯淡的光芒，此時哥舒大將軍帶著刀夜巡邊城軍營，因為之前的戰績傲人、聲名遠播，所以敵人盜寇皆聞之喪膽，如今只能窺視著邊境牧馬的情況，不敢輕易越過臨洮一步。

再如薛逢的〈感塞〉一詩：

滿塞旌旗鎮上遊，各分天子一方憂。無因得見哥舒翰，可惜西山十八州。**17**

從薛逢的詩可知滿塞旌旗的邊塞，是國防軍事重鎮，帶領軍事官兵的將領責任重大，為天子分擔了各一方的憂愁，久聞了哥舒翰大將軍的威名，卻無因能見他一面，可惜讓我千里迢迢的翻越西山十八州的路途。

此外，大詩人李白在〈答王十二寒夜獨酌有懷〉一詩中，也提到了哥舒翰這位大將軍，其詩云：

君不能學哥舒橫行青海夜，帶刀西屠石堡取。**18**

李白回答王十二，你也無意於效法唐代哥舒翰征討吐蕃，橫行青海持戟屠略西方石堡因而獲賜紫袍的雄心壯志。可見當時哥舒翰征討吐蕃、橫行青海英勇的事蹟為人們所津津樂道，是一位傑出的英雄典範。再如李白的〈經亂離後天恩流夜郎憶舊遊書懷贈江夏韋太守良宰〉一詩中，也提到了哥舒翰，詩句云：

16.清聖祖御定，《全唐詩》，（北京：中華書局出版，1996年1月）22冊784卷，頁8850。
17.清聖祖御定，《全唐詩》，（北京：中華書局出版，1996年1月）16冊548卷，頁6334。
18.清聖祖御定，《全唐詩》，（北京：中華書局出版，1996年1月）5冊178卷，頁1821。

草木搖殺氣，星辰無光彩。白骨成丘山，蒼生竟何罪？

函關壯帝居，國命懸哥舒。長戟三十萬，開門納兇渠。[19]

　　由李白的此詩，我們感受到了戰爭的無情與無奈，經離亂後所見到的場景是「白骨成丘山，蒼生竟何罪？」真是教人怵目驚心，不禁要問一問蒼天，無辜的百姓到底犯了何罪？讓生靈塗炭，導致白骨成丘山？後兩句「函關壯帝居，國命懸哥舒。」詩句寫出了函谷關是重要的關口，維繫了帝王的居住安全和國家的命脈，尤其國家的安危，更是懸繫在大將軍哥舒翰的身上。側筆寫出了哥舒翰是國家重要的將領人才，主宰了唐室的安危。

19.清聖祖御定，《全唐詩》，（北京：中華書局出版，1996年1月）5冊170卷，頁1753。

詩人小傳

西鄙人，生平事蹟不詳，詩一首。

深入思考

一、常言道：「將在外，君命有所不受」，請問為什麼將軍可以不聽國君的命令？

二、哥舒翰將軍雖然英勇，但在安史之亂時，哥舒翰請堅守潼關，唐明皇卻聽信楊國忠之言，力促出兵迎敵。哥舒翰捶胸慟哭而去，兵至靈寶潰，關遂失守。這樣的事情請問你的感受如何？

三、兵法上云：「不戰而勝」是戰爭的最高境界，「不戰而屈人之兵，決勝於千里之外」更是戰爭的最高藝術，請說明為什麼？

推薦閱讀

杜甫〈潼關吏〉：

安祿山兵北，哥舒翰請堅守潼關，明皇聽楊國忠言，力促出兵。翰撫膺慟哭而去，兵至靈寶潰，關遂失守。

士卒何草草，築城潼關道。大城鐵不如，小城萬丈餘。
借問潼關吏，修關還備胡。要我下馬行，為我指山隅。
連雲列戰格，飛鳥不能踰。胡來但自守，豈復憂西都。
丈人視要處，窄狹容單車。艱難奮長戟，萬古用一夫。
哀哉桃林戰，百萬化為魚。請囑防關將，慎勿學哥舒。[20]

---

20. 清聖祖御定，《全唐詩》，（北京：中華書局出版，1996年1月）7冊217卷，頁2283。

李白〈述德兼陳情上哥舒大夫〉：

天為國家孕英才，森森矛戟擁靈臺。浩蕩深謀噴江海，縱橫逸氣走風雷。丈夫立身有如此，一呼三軍皆披靡。衛青謾作大將軍，白起真是一豎子。[21]

知識補帖

哥舒翰生平事蹟

請參考：維基百科http://zh.wikipedia.org/zh-tw/%E5%93%A5%E8%88%92%E7%BF%B0

21.唐・李白著，瞿蛻園等校注，《李白集校注》，（台北：里仁書局，1981年3月）頁630～631。

06　因詩名句而被殺的劉希夷

　　唐人因詩句而成名的不勝枚舉，白居易有名的〈賦得原上草送友人〉一詩：「離離原上草，一歲一枯榮。野火燒不盡，春風吹又生。」讓他受到詩人顧況的賞識因而成名，居長安之後，開始變得很容易。但是另一個詩人劉希夷，卻沒這麼好的命運，據《大唐新語》卷八載：

　　劉希夷一名挺之，汝州人。少有文華，好為宮體，詞旨悲苦，不為時所重。善彈琵琶，嘗為〈白頭翁吟〉曰：「今年花落顏色改，明年花開復誰在？」既而自悔曰：「我此詩似讖，與石崇『白首同所歸』何異也？」乃更作一句云「年年歲歲花相似，歲歲年年人不同。」既而嘆曰：「此句復似向讖矣！然死生有命，豈復由此？」乃兩存之。詩成未周歲，為奸人所殺。或云宋之問害之。[22]

　　他因為名詩句被喜愛，懇求不得，最後卻死在奸人手上，而這位奸人傳說竟是自己的舅舅宋之問。又據唐人韋絢的《劉賓客嘉話錄》中，記載這件因詩句而喪命的傳說：

　　劉希夷詩曰：「年年歲歲花相似，歲歲年年人不同。」其舅宋之問苦愛此兩句，知其未示人，懇乞，許而不予，之問怒，以土袋壓殺之（使之窒息），宋生不得其死，天報之也。[23]

22. 唐・劉肅撰，《大唐新語》，收錄在《唐五代筆記小說大觀》，（上海：上海古籍出版社，2001年3月）頁291。
23. 唐・韋絢撰，《劉賓客嘉話錄》，收錄在《唐五代筆記小說大觀》（上海：上海古籍出版社，2001年3月）頁796。

　　不論這則傳說是真是假，對於劉希夷的遭遇，令人深表同情無奈與惋惜，喜愛名句進而謀殺一個詩人，真叫人情何以堪。劉希夷的此詩「年年歲歲花相似，歲歲年年人不同。」的確寫得非常好，對於時光的流逝，人生境遇的心情感受，作了最佳的詮釋。所見的花似曾相似，而人在歲歲年年的歷練下，確有了不同的體悟，隨著年歲的增長，人生的閱歷、視野、感懷都大不相同。

　　因名詩句而謀殺了詩人，令人惋惜，而名詩句至今依舊可以感動人心，也算是精神不朽的另一種註腳。

詩人小傳

劉希夷，一名庭芝，汝州人。年少時有文學才華，但是落魄不拘常格，最後被人所害。希夷擅長寫作從軍閨情詩，詩歌內容悲苦，然而沒有受到重視。後來孫昱編撰《正聲集》，以希夷的詩歌為集中最有特色的作品，於是大為當時人所稱賞。集十卷，今編詩一卷。（據《全唐詩》作者小傳）

深入思考

一、詩人間的「英雄惜英雄」或是「文人相輕」反映出何種的心理？

二、此句名詩「年年歲歲花相似，歲歲年年人不同。」具有何種意涵？帶給你什麼樣的感受？

三、因詩句而遭受到謀殺，真是匪夷所思，現代人只被瞧一眼也引來殺機，試問這是怎樣的一種病態心理？

推薦閱讀

劉希夷〈白頭翁吟〉（楚調曲，其器有笙、笛弄、節、琴、箏、琵琶、瑟七種）相和歌辭：

洛陽城東桃李花，飛來飛去落誰家。洛陽女兒惜顏色，行逢落花長歎息。
今年花落顏色改，明年花開復誰在。已見松柏摧為薪，更聞桑田變成海。
古人無復洛城東，今人還對落花風。年年歲歲花相似，歲歲年年人不同。
寄言全盛紅顏子，須憐半死白頭翁。此翁白頭真可憐，伊昔紅顏美少年。
公子王孫芳樹下，清歌妙舞落花前。光祿池臺文錦繡，將軍樓閣畫神仙。
一朝臥病無人識，三春行樂在誰邊。宛轉蛾眉能幾時，須臾白髮亂如絲。
但看舊來歌舞地，惟有黃昏鳥雀悲。**24**

---

24. 清聖祖御定，《全唐詩》，（北京：中華書局出版，1996年1月）1冊20卷，頁247～248。

原文語意

一、劉希夷一名挺之，是汝州人。年少時有文華，喜好寫宮體詩，寫出來的詩旨悲苦，不為當時所重。善長彈奏琵琶，曾經寫一首詩〈白頭翁吟〉曰：「今年花落了顏色改變了，明年花開還會有誰在？」寫完了之後而自己後悔說：「我寫的這首詩像似讖語，與石崇的『白首同所歸』又有什麼差別呢？」於是又寫了另一句說：「年年歲歲花長得相似，歲歲年年人卻已經不同。」於是又感嘆說：「此句又好像是讖語！然而死生有命，難道會由這兩句詩而決定嗎？」於是將這兩首詩存起來。詩寫成未滿一周歲，就被奸人所殺害。或有人說是宋之問所殺害的。

二、劉希夷的詩句中說：「年年歲歲花長得相似，歲歲年年人卻已經不同。」他的舅舅宋之問酷愛這兩首詩句，知道他尚未向別人展示過，懇切的乞求，劉希夷答應之後又不給予，宋之問生氣，竟然用土袋壓殺他（使之窒息），最後宋之問也死於非命，這是上天的報應。

知識補帖

賈曾〈有所思〉：

洛陽城東桃李花，飛來飛去落誰家。幽閨女兒愛顏色，坐見落花長歎息。
今歲花開君不待，明年花開復誰在。故人不共洛陽東，今來空對落花風。
年年歲歲花相似，歲歲年年人不同。[25]

07 買花天價的社會現況

　　唐代國力強大，社會繁榮富庶，經濟水準相當高，形成的貧富差距問題也值得關注。今日台灣社會也是如此，所謂的M型社會，有錢者動輒數十萬元的名牌包包、裝飾品、名錶、名車，某貴婦一刷卡消費便是一百多萬元，讓受薪階級的「月光族」羨慕不已。

　　自古以來「物以稀為貴」，當獨特稀少的東西出現時，便會吸引眾人注目的目光，有些東西因為喜愛、時尚或是流行，或是人為的炒作，會造成一窩蜂的熱潮，於是搶、搶、搶、購、購、購、血拼、血拼、血拼。

　　唐人在其生活中也是如此，瘋狂地迷戀牡丹花，造成社會奢靡的風氣。大詩人白居易的諷諭名作《秦中吟十首》中的〈買花〉（一作〈牡丹〉）一詩，便寫出了當時的社會風貌：

> 帝城春欲暮，喧喧車馬度。共道牡丹時，相隨買花去。
> 貴賤無常價，酬直看花數。灼灼百朵紅，戔戔五束素。
> 上張幄幕庇，旁織笆籬護。水灑復泥封，移來色如故。
> 家家習為俗，人人迷不悟。有一田舍翁，偶來買花處。
> 低頭獨長歎，此歎無人喻。一叢深色花，十戶中人賦。[26]

　　這是一首諷喻詩，譏刺富貴人家競相購買牡丹花的糜爛生活真實寫照。社會風氣是一種奇妙的傳染病，當別人有，自己卻沒有時，好像比不上人家，當有了之後，還要比好，這種相互比較的心理，就造就了物稀為貴的狀況。

---

26. 清聖祖御定，《全唐詩》，（北京：中華書局出版，1996年1月）13冊425卷，頁4676。

　　唐人愛牡丹花已經到了家家戶戶習以為常，這種風氣只要一感染，卻是人人執迷不悟，因此才會有一田舍翁來到買花處，老翁一問花價，當場必定是瞠目結舌，萬萬沒想到一叢深色的牡丹花，居然是十人戶人家的賦稅所得，這天價的牡丹花，讓老翁低頭獨自長嘆息，感慨萬千啊！

　　唐人喜愛牡丹，為之瘋狂，詩人劉禹錫〈賞牡丹〉詩云：「唯有牡丹真國色，花開時節動京城」，呈現了當時牡丹花驚豔全京城的國色天香。因為喜歡、迷戀，所以牡丹花的價格就水漲船高、十分昂貴，詩人裴潾（一作盧綸，又作裴士淹）也曾賦詩云：「長安豪貴惜春殘，爭賞街西紫牡丹」（〈裴給事宅紫牡丹〉）羅鄴的〈牡丹〉詩也說：「花時比屋事豪奢」，王叡的〈牡丹〉詩說道：「牡丹妖艷亂人心，一國如狂不惜金」，所以說穿了，唐人觀賞牡丹的習俗和風氣，實質是豪貴爭奇鬥富的奢靡之風在作祟，與貧賤者是無緣的，所以對一般的老百姓而言，真的是「天價」。

　　在人類的社會裡，這是一種很奇特的現象，台灣的社會裡也曾經出現像這樣的風氣：全民瘋大家樂、全民瘋股票、蘭花一盆上百萬元、養紅龍、養哈士奇犬、養寵物、養大麥町犬、凱蒂貓玩偶、名牌包包……等等，讓許多人陷入癡迷瘋狂的情境，不可自拔，社會風氣及感染力像細菌般的擴散蔓延，真是連「凡人都無法擋」。

詩人小傳

白居易，見第一篇07詩人小傳。

深入思考

一、流行到底好不好？為什麼會產生流行？

二、流行所帶來正、負面的效果為何，請分析之？

三、就你所知台灣社會曾經流行過什麼東西？帶來什麼樣的風潮？

推薦閱讀

劉禹錫〈賞牡丹〉：

庭前芍藥妖無格，池上芙蕖淨少情。唯有牡丹真國色，花開時節動京城。[27]

盧綸〈裴給事宅白牡丹〉（一作〈裴潾詩〉）：

長安豪貴惜春殘，爭賞新開紫牡丹。別有玉盤承露冷，無人起就月中看。[28]

羅鄴〈牡丹〉：

落盡春紅始著花，花時比屋事豪奢。買栽池館恐無地，看到子孫能幾家。
門倚長衢攢繡轂，幄籠輕日護香霞。歌鐘滿座爭歡賞，肯信流年鬢有華。[29]

27. 清聖祖御定，《全唐詩》，（北京：中華書局出版，1996年1月）11冊365卷，頁4119。
28. 清聖祖御定，《全唐詩》，（北京：中華書局出版，1996年1月）9冊280卷，頁3188。
29. 清聖祖御定，《全唐詩》，（北京：中華書局出版，1996年1月）19冊654卷，頁7506。

王轂〈牡丹〉：

牡丹妖艷亂人心，一國如狂不惜金。曷若東園桃與李，果成無語自垂陰。[30]

知識補帖

牡丹花

名稱：牡丹

拉丁語學名：Paeonia suffruticosa

英文名字：Subshrubby Peony、Tree Peony

中文別名：洛陽花、百花王、鹿韭、木芍藥、洛陽王、富貴花、穀雨花、洛陽紅（在英語和其他歐洲語言中，牡丹和芍藥是同一個詞——peony或者paeony（Paeonia））

唐人相關牡丹詩歌

薛濤〈牡丹〉：

去春零落暮春時，淚濕紅箋怨別離。常恐便同巫峽散，因何重有武陵期？
傳情每向馨香得，不語還應彼此知。只欲欄邊安枕席，夜深閒共說相思。

李白〈清平調〉：

一枝紅豔露凝香，雲雨巫山枉斷腸。借問漢官誰得似，可憐飛燕倚紅妝。

韋莊〈白牡丹〉：

30. 清聖祖御定，《全唐詩》，（北京：中華書局出版，1996年1月）20冊694卷，頁7989。

閨中莫妒新妝婦，陌上面慚傅粉郎。昨夜月照深似水，入門唯覺一庭香。

白居易〈惜牡丹〉：

惆悵階前紅牡丹，晚來只有兩枝殘。明朝風起應吹盡，夜惜衰紅把火看。

皮日休〈牡丹〉：

落盡殘紅始吐芳，佳名喚作百花王。競誇天下無雙豔，獨立人間第一香。

李正凡〈牡丹詩〉：

國色朝酣酒，天香夜染衣。丹景春醉容，明月問歸期。

劉禹錫〈賞牡丹〉：

庭前芍藥妖無格，池上芙蕖淨少情。惟有牡丹真國色，開花時節動京城。

王維〈紅牡丹〉：

綠豔閑且靜，紅衣淺複深。花心愁欲斷，春色豈知心。

徐凝〈賞牡丹〉：

何人不愛牡丹花，占斷城中好物華。穎是洛川神女作，千嬌萬態破朝霞。

08　「天公強生我」的王梵志

　　每一個時代都有獨特之人，在言行舉止上特立獨行、與眾不同。若講到唐代的詩僧，一定會聯想到王梵志。

　　王梵志（西元？～670年）詩僧，原名梵天，黎陽（今河南浚縣東南）人。其詩語言淺白通俗近於白話。集已佚，敦煌殘卷存其部分詩篇。唐代白話詩人王梵志在唐代就被稱為「菩薩示化」（據《桂苑叢談》），晚唐名僧宗密所編《禪藏》（已佚）即收入了王梵志詩。自從敦煌遺書中發現大量王梵志詩寫卷後，中、日、法、俄、德等各國學者發表研究論文數以百計，於是王梵志的詩名越來越受到重視。

　　王梵志，生於隋末。是一個棄嬰，從他的詩「誰人育我？復何姓名。王家育我，可姓王也。」推斷，他是被王家收養的棄嬰。

　　青年時期的王梵志聰明好學，熟讀儒家經典與詩文，文思敏捷，尤愛作詩，見物見事，有感而發，出口成章，甚有意旨。從王梵志自傳式的詩中，「吾家昔富有」、「吾家多有錢」，可知其收養他的王家，曾經家境優裕，後因天災人禍而家道中落，淪作了一無所有的「赤貧」，如詩句「近逢窮業至，緣身一物無。」所寫已經是一貧如洗。

　　為了生活所逼迫，王梵志當過傭工、討過飯，後來出家削髮為僧。過著雲遊四海、化緣求齋的流浪生活，耳聞目睹人間的七情六慾、甜酸苦辣事，加上自己歷盡滄桑，飽經憂患，感慨良多，有心以詩的形式，慨歎人情冷暖，嘲諷醜陋，宣揚教化，作喻世、醒世、警世之說。

　　也就因為如此，見多識廣的王梵志，所作的詩超乎一般人的常理，以稀奇、古怪、嘲諷、醜陋、反向的、另類的、顛覆傳統、不按牌理出牌、語不驚人死不休……等等方式，創作出屬於他獨特的白話唐詩，這類淺白通俗易懂的詩歌語言，還被稱之為「梵志體」，可見他的獨樹一格。如王梵志的〈道情詩〉：

我昔未生時，冥冥無所知。天公強生我，生我復何為？

無衣使我寒，無食使我飢。還你天公我，還我未生時。**31**

　　前面我們介紹了王梵志是一位棄嬰，為王姓人家所收養，每一個生命孕育來自父母，但是像王梵志不知父母為何人，是一種強烈的無奈和遺憾，人苦極呼天，所以當生活出現了「無衣使我寒，無食使我飢」的情況時，真的是連老天爺也要數落一番，於是發出了「天公強生我，生我復何為？」這樣強烈的抗議，老天爺啊！為什麼強行的生下我來，生我下來挨餓受凍過苦日子，這究竟是為了什麼？最後一句：「還你天公我，還我未生時」，希望自己能回到未生之時，明知這是不可能之事，也只能發發牢騷，向老天爺提出了無奈的控訴。

　　除了此首向天公控訴的詩之外，王梵志尚有幾首著名的詩歌，呈現出通俗易懂又別出心裁的表現方式。著名的〈城外土饅頭〉一詩：

城外土饅頭，餡草在城裡。一人喫一個，莫嫌沒滋味。**32**

　　此詩是王梵志的代表作。詩中寫到城外一個個墳墓，猶如一個個圓圓的土饅頭，土饅頭裡面包的餡料卻在城裏。城裏人不要嫌它沒滋味，肯定最後是一人吃一個。詩描寫的是墳墓，表現的是死亡。詩僧以極為通俗的比喻，用詼諧調侃的口氣來寫墳墓，寫死亡，但其效果卻十分地強烈驚悚，使人警省，發人深思。

　　詩人就是用這樣最常見的比喻，冷靜地顯示了這個平凡卻又冷酷的事實，這對於熱衷功名富貴，追求名利的世俗之人，和那些妄想長生不老的帝王將相，無異是一記當頭棒喝。通俗平淡卻又深刻揭示人生哲理，的確發人深省，因此此詩影響甚大。

　　再如：

---

31. 唐・王梵志《王梵志詩校注》項楚校注，（上海：古籍出版社，2010年6月）。
32. 唐・王梵志《王梵志詩校注》項楚校注，（上海：古籍出版社，2010年6月）。

造作莊田猶未已，堂上哭聲身已死。哭人盡是分錢人，口哭元來心裡喜。[33]

也是運用反諷的方式表現出世俗之人的常態，言人所不敢言，道人所不敢道。另一首著名的〈梵志著翻襪〉：

梵志著翻襪，人皆道是錯。乍可刺你眼，不可隱我腳。[34]

此詩更是顛覆傳統的思維，「著翻襪」用我們現在的話來說，便是將襪子反過來穿，一看到襪子穿反了，眾人當然都說是錯，乍看之下「乍可刺你眼」有些刺眼，但是卻「不可隱我腳」，所以詩人還是我行我素地翻穿襪子。傳統的對錯是非是人為的，像王梵志這樣的性情中人，卻是要與眾不同，忠於自己。

此外，尚有兩首能顯現王梵志知足常樂的處事之道，詩云：

他人騎大馬，我獨跨驢子。回顧擔柴漢，心下較些子。[35]

人們總是喜歡比較，所謂的「人比人，氣死人」，王梵志此詩描寫看見他人騎大馬威風十足，自己卻是騎著瘦小的驢子，心裡真不是滋味，但是回頭看看滿頭大汗、累得氣喘吁吁的挑柴漢，心裡也比較快活些，正是所謂的「比上不足，比下有餘」。

另一首：

吾有十畝田，種在南山坡。青松四五顆，綠豆兩三窠。
熱即池中浴，涼便岸上歌。遨遊自取足，誰能奈我何。[36]

33. 唐・王梵志《王梵志詩校注》項楚校注，（上海：古籍出版社，2010年6月）。
34. 唐・王梵志《王梵志詩校注》項楚校注，（上海：古籍出版社，2010年6月）。
35. 唐・王梵志《王梵志詩校注》項楚校注，（上海：古籍出版社，2010年6月）。
36. 唐・王梵志《王梵志詩校注》項楚校注，（上海：古籍出版社，2010年6月）。

　　人生在世，能夠好好珍惜自己所擁有的便已經足夠，王梵志在南坡上有十畝田，有青松、有綠豆，雖然數量不是很多，卻可以自給自足，天氣炎熱時即在水池中沖個涼玩個水，天氣爽涼時便在水岸邊吟詠歌唱，這是何等地逍遙快樂、自由自在，這樣的生活真是人間樂事，又有誰能奈我何？展現了灑脫的生活態度以及豁達的處世哲學。

詩人小傳

王梵志（西元？～670年），初唐僧人。原名梵天，黎陽（今河南浚縣東南）人。他的身世頗具傳奇色彩。其詩歌語言淺白通俗近於白話，反應人生現實，多有寓意。集已佚，敦煌殘卷存其部分詩篇。

深入思考

一、王梵志的詩歌具有何種特色？

二、王梵志著名的〈城外土饅頭〉一詩，若用現代生死學觀點來看，代表什麼意義？

三、由王梵志的詩歌所呈現的生活態度以及處世哲學為何？

推薦閱讀

王梵志〈吾富有錢時〉：

吾富有錢時，婦兒看我好。

吾若脫衣裳，與吾疊袍襖。

吾出經求去，送吾即上道。

將錢入舍來，見吾滿面笑。

繞吾白鴿旋，恰似鸚鵡鳥。

邂逅暫時貧，看吾即貌哨。

人有七貧時，七富還相報。

圖財不顧人，且看來時道。[37]

---

37. 唐・王梵志《王梵志詩校注》項楚校注，（上海：古籍出版社，2010年6月）。

知識補帖

　　王梵志〈世無百年人〉詩：

　　世無百年人，強作千年調。打鐵作門限，鬼見拍手笑。

　　此詩嘲諷人生苦短，卻強作千年的打算。人生活至百年已經非常稀少，要強作千年的打算，實在是不智之舉，就如同古詩說：「生年不滿百，常懷千歲憂」。「打鐵作門限」一句用陳僧智永善書，名滿天下，求書法者多到踏穿了門檻（門限），於是便用打鐵作門限，以求經久耐磨的故事。然而這樣的事情看在詩人眼裡，實在是徒勞無功、多此一舉，最後一句以「鬼見拍手笑」展現其幽默、詼諧的文字趣味，對人生苦短應有更深一層的省思。

第六篇

奇妙文字的魅力

01　奇妙的「寶塔詩」

　　現代詩中有所謂的「圖像詩」，以詩句的排列組合方式，構成一個圖像，配合上詩意，呈現出一種圖像加意象的妙趣。例如陳黎的圖像詩〈消防隊長夢中的埃及風景照〉則以361個「火」字堆疊成埃及金字塔圖像：

火
火火火
火火火火火
火火火火火火火
火火火火火火火火火
火火火火火火火火火火火
火火火火火火火火火火火火火
火火火火火火火火火火火火火火火
火火火火火火火火火火火火火火火火火
火火火火火火火火火火火火火火火火火火火
火火火火火火火火火火火火火火火火火火火火火
火火火火火火火火火火火火火火火火火火火火火火火
火火火火火火火火火火火火火火火火火火火火火火火火火
火火火火火火火火火火火火火火火火火火火火火火火火火火火
火火火火火火火火火火火火火火火火火火火火火火火火火火火火火
火火火火火火火火火火火火火火火火火火火火火火火火火火火火火火火
火火火火火火火火火火火火火火火火火火火火火火火火火火火火火火火火火
火火火火火火火火火火火火火火火火火火火火火火火火火火火火火火火火火火火
火火火火火火火火火火火火火火火火火火火火火火火火火火火火火火火火火火火火火

意味著消防隊長的夢境仍不脫離「火」的意象，相當有趣。

圖像詩又稱為「具象詩」、「具體詩」（Concrete Poetry），所指的是「利用漢字的圖像特性與建築特性，將文字加以排列，以達到圖形寫貌的具體作用，或藉此進行暗示、象徵的詩學活動的詩」[1]，而林耀德將它定義為：「利用文字記號系統的具象化表現形式」[2]。圖像詩除了表現在寫作技巧之外，還表現在援引圖像詩的手法，以視覺暗示的方式，製造詩形的外觀之圖像效果，形成獨特的藝術風格；由於這一類的創作，在創新實驗上大多帶著強烈的遊戲性格，「其遊戲策略主要體現在兩方面——聽覺的戲耍，和視覺的戲耍」[3]，故圖像詩又被稱為「前衛詩」。

在唐代也有圖像詩，以詩歌排列組合成為圖案，但是圖案的變化沒有像現在那麼多樣變化，這種圖形很簡單像一個寶塔的形狀，歷來就被稱為「寶塔詩」。

寶塔詩，原稱為「一字至七字詩」。寶塔詞則稱「一七令」，從一個字句逐句成韻，或疊兩句為一韻，後來有增加到一字至十字，甚至一字至十五字的，每句或每兩句字數依次遞增，字數由小而多，層層上疊有如寶塔，上尖下寬，所以叫做「寶塔詩」。

如李白的〈三五七言〉詩：

> 秋風清，秋月明。
> 落葉聚還散，寒鴉棲復驚。
> 相思相見知何日，此時此夜難為情。[4]

李白此詩以三行構成一個小小的寶塔。在這類作品中最多的當屬張南史，共有六首的詠物詩，分別詠雪、泉、竹、花、草、月，俱一字至七字，如下：

1. 丁旭輝著，《台灣現代圖象詩技巧研究》，（高雄：春暉出版社，2000年）頁1。
2. 林耀德著，《不安海域》（台北：師大書苑，1988年）。
3. 焦桐著，《台灣文學的街頭運動——一九九七～世紀末》，（台北：時報出版社，1998年）頁64。
4. 清聖祖御定，《全唐詩》，（北京：中華書局出版，1996年1月）6冊184卷，頁1878。

雪，雪。

花片，玉屑。

結陰風，凝暮節。

高嶺虛晶，平原廣潔。

初從雲外飄，還向空中噎。

千門萬戶皆靜，獸炭皮裘自熱。

此時雙舞洛陽人，誰悟郢中歌斷絕。**5**

泉，泉。

色淨，苔鮮。

石上激，雲中懸。

津流竹樹，脈亂山川。

扣玉千聲應，含風百道連。

太液併歸池上，雲陽舊出宮邊。

北陵井深鑿不到，我欲添淚作潺湲。**6**

竹，竹。

披山，連谷。

出東南，殊草木。

葉細枝勁，霜停露宿。

成林處處雲，抽筍年年玉。

天風乍起爭韻，池水相涵更綠。

卻尋庾信小園中，閒對數竿心自足。**7**

---

5. 清聖祖御定，《全唐詩》，（北京：中華書局出版，1996年1月）9冊296卷，頁3360。
6. 清聖祖御定，《全唐詩》，（北京：中華書局出版，1996年1月）9冊296卷，頁3361。
7. 清聖祖御定，《全唐詩》，（北京：中華書局出版，1996年1月）9冊296卷，頁3361。

花，花。

深淺，芬葩。

凝為雪，錯為霞。

鶯和蝶到，苑占宮遮。

已迷金谷路，頻駐玉人車。

芳草欲陵芳樹，東家半落西家。

願得春風相伴去，一攀一折向天涯。**8**

草，草。

折宜，看好。

滿地生，催人老。

金殿玉砌，荒城古道。

青青千里遙，惆悵三春早。

每逢南北離別，乍逐東西傾倒。

一身本是山中人，聊與王孫慰懷抱。**9**

月，月。

暫盈，還缺。

上虛空，生滄渤。

散彩無際，移輪不歇。

桂殿入西秦，菱歌映南越。

正看雲霧秋卷，莫待關山曉沒。

天涯地角不可尋，清光永夜何超忽。**10**

8. 清聖祖御定，《全唐詩》，（北京：中華書局出版，1996年1月）9冊296卷，頁3361。
9. 清聖祖御定，《全唐詩》，（北京：中華書局出版，1996年1月）9冊296卷，頁3361。
10.清聖祖御定，《全唐詩》，（北京：中華書局出版，1996年1月）9冊296卷，頁3361。

　　張南史的這六首作品，不僅是詠物詩，從一字遞增至七字形成特殊的寶塔詩，就內容而言，也寫得相當貼切適宜，值得一讀。此外，尚有杜光庭的〈懷古今〉一詩：

古，今。感事，傷心。驚得喪，歎浮沈。風驅寒暑，川注光陰。

始銜朱顏麗，俄悲白髮侵。嗟四豪之不返，痛七貴以難尋。

夸父興懷於落照，田文起怨於鳴琴。雁足淒涼兮傳恨緒，鳳臺寂寞兮有遺音。

朔漠幽囚兮天長地久，瀟湘隔別兮水闊煙深。誰能絕聖韜賢餐芝餌朮，誰能含光遁世鍊石燒金。

君不見屈大夫紉蘭而發諫，君不見賈太傅忌鵬而愁吟。君不見四皓避秦峨峨戀商嶺，君不見二疏辭漢飄飄歸故林。

胡為乎冒進貪名踐危途與傾轍，胡為乎怙權恃寵顧華飾與彫簪。吾所以思抗跡忘機用虛無為師範，吾所以思去奢滅慾保道德為規箴。

不能勞神傚蘇子張生兮於時而縱辯，不能勞神傚楊朱墨翟兮揮涕以沾襟。**11**

　　杜光庭此詩亦是屬於「寶塔詩」，收錄在《全唐詩》中，在古代若是手抄本，應當可以看出成為寶塔的圖像樣子，若變成現代的鉛字排版，恐怕難以得知作者使用文字的趣味變化。今日拜科技之賜，文字的排列一按「置中鍵」，就將此文字列出寶塔形狀，有點像另類的解謎，別有一種逸趣。寶塔詩如下：

11. 清聖祖御定，《全唐詩》，（北京：中華書局出版，1996年1月）24冊854卷，頁9668。

古，今。

感事，傷心。

驚得喪，歎浮沈。

風驅寒署，川注光陰。

始銜朱顏麗，俄悲白髮侵。

嗟四豪之不返，痛七貴以難尋。

夸父興懷於落照，田文起怨於鳴琴。

雁足淒涼兮傳恨緒，鳳臺寂寞兮有遺音。

朔漠幽囚兮天長地久，瀟湘隔別兮水闊煙深。

誰能絕聖韜賢餐芝餌朮，誰能含光遁世鍊石燒金。

君不見屈大夫紉蘭而發諫，君不見賈太傅忌鵬而愁吟。

君不見四皓避秦峨峨戀商嶺，君不見二疏辭漢飄飄歸故林。

胡為乎冒進貪名踐危途與傾轍，胡為乎怙權恃寵顧華飾與彫簪。

吾所以思抗跡忘機用虛無為師範，吾所以思去奢滅慾保道德為規箴。

不能勞神俲蘇子張生兮於時而縱辯，不能勞神俲楊朱墨翟兮揮涕以沾襟。

杜光庭此詩從一字寫至十五字，以遞增的方式創造了這樣巧妙的寶塔圖像，在詩歌寫作抒發情感之餘，別有一種格外的文字趣味。

詩人小傳

李白,見第一篇01詩人小傳。

張南史,字季直,幽州人。喜愛下棋,後來認真努力讀書,於是慢慢進入詩歌的境界,並嘗試擔任參軍。躲避戰亂,居住在揚州,朝廷再召為官,未赴而卒。詩一卷。(據《全唐詩》作者小傳)

杜光庭,字聖賓,括蒼人。喜歡讀書,精專文章及書法翰墨。然而參加科舉考試,都不中,於是進入天台山為道士。唐僖宗時召見他,賜以紫服,擔任麟德殿文章應制,後來隱居青城山白雲溪,自稱「東瀛子」,蜀主王建賜號「廣成先生」。有《廣成集》一百卷,《壺中集》三卷,今存詩一卷。(據《全唐詩》作者小傳)

深入思考

一、圖像詩具有什麼樣的效果?

二、就你所知請舉出現代詩中具有圖像詩的例子

三、從這些圖像詩中,思考一下中國文字所具有的特性為何?

推薦閱讀

白居易的〈賦得詩〉也是屬於「一字至七字詩」,白居易被分配至東洛。朝廷賢士聚集在興化池亭送別。酒酣耳熱之際。各請一字至七字詩。以題為韻。其詩如下:

詩,詩。

綺美,瑰奇。

明月夜,落花時。

能助歡笑,亦傷別離。

調清金石怨,吟苦鬼神悲。

天下只應我愛,世間唯有君知。

自從都尉別蘇句,便到司空送白辭。**12**

元稹的〈茶〉一字至七字詩：（以題為韻，同王起諸公送白居易分司東郡作。）

茶

香葉

嫩芽

慕詩客

愛僧家

碾雕白玉

羅織紅紗

銚煎黃蕊色

碗轉麴塵花

夜後邀陪明月

晨前命對朝霞

洗盡古今人不倦

將知醉後豈堪誇[13]

🈹🈹🈹🈹 **知識補帖**

權德輿的〈雜言賦得風送崔秀才歸白田限三五七言（暄字）〉一詩：

響深澗，思猿啼。

闌入蘋洲暖，輕隨柳陌暄。

澹蕩乍飄雲影，芳菲遍滿花源。

寂寞春江別君處，和煙帶雨送征軒。[14]

12. 清聖祖御定，《全唐詩》，（北京：中華書局出版，1996年1月）14冊462卷，頁5262。一字　　　至七字詩（案：賦得詩。樂天分司東洛。朝賢悉會興化池亭送別。酒酣。各請一字至七字　　　詩。以題為韻。）

13. 清聖祖御定，《全唐詩》，（北京：中華書局出版，1996年1月）12冊463卷，頁4652。

14. 清聖祖御定，《全唐詩》，（北京：中華書局出版，1996年1月）10冊324卷，頁3643。

以四行構成寶塔的形狀。

詹冰〈三角形〉：

這首詩，利用字的排列，排出三角形的形狀，再用詩詞引申出作者看待三角形的不同觀點。（※讀法：由右至左，由上而下）

<pre>
                角
              你邊再
            你看角有富
          數看色邊彈於充
        哲學埃散角韌積滿角
      宇學美及七邊性極朝角但
    神宙的學的彩循變性氣相邊三
  喔聖精完的金的環化發和呼邊邊那
三妳象神美精字稜不無展活相相三只角
形角的徵的像華塔鏡息窮性力應關角是形三
</pre>

02　數字排隊的「數名詩」

　　數字充斥在我們日常的生活裡，手機號碼、電話號碼、住家號碼、匯率多少、街道號碼、多年前流行的大家樂、現在的彩券號碼、大樂透號碼、運動彩券號碼……等等數字號碼，可以說每天我們都在數字堆裡打轉，每天的生活與數字息息相關。

　　不僅現代人如此，古代人也是如此，生活在數字中，但是詩人們以數字的順序寫下了詩歌，從一到十也是相當有趣。如權德輿的〈數名詩〉：

> 一區揚雄宅，恬然無所欲。
> 二頃季子田，歲晏常自足。
> 三端固為累，事物反徽束。
> 四體苟不勤，安得豐菽粟。
> 五侯誠暐曄，榮甚或為辱。
> 六翮未騫翔，虞羅乃相觸。
> 七人稱作者，杳杳有遐躅。
> 八桂挺奇姿，森森照初旭。
> 九歌傷澤畔，怨思徒刺促。
> 十翼有格言，幽貞謝浮俗。**15**

　　此詩開頭第一個字是一，從一寫到十，形成一連串的數字，寫就成一首詩歌相當有趣。此詩以「數字詩」的形式，勸誡世人不要汲汲於功名利祿的追尋，能遠離

---

15. 清聖祖御定，《全唐詩》，（北京：中華書局出版，1996年1月）10冊327卷，頁3666。

世俗名利的束縛和煩憂，用辛勤勞動獲取豐衣足食，將有田有宅，恬淡無欲過生活，看做是人生的一種較高境界。

今人龍應台在《目送》一書〈杜甫〉篇中寫到：

草木的漢文名字，美得神奇。

一個數字，一個單位，一個名詞，組合起來就喚出一個繁星滿天的大千世界：一串紅，二懸鈴木，三年桐，四照花，五針松，六月雪，七里香，八角茴香，九重葛，十大功勞。

不夠嗎？還有百日紅，千金藤，萬年青。[16]

這一連串的數字從一到萬，全都是我們大千世界中的花花草草，以這些數字命名，應當有其植物的特性，的確別有妙趣。

16.龍應台著，《目送》，（台北：時報文化出版公司，2008年12月）頁153。

詩人小傳

權德輿，字載之，天水略陽人，還沒有成年，就以文章著稱。杜佑、裴冑交辟之，唐德宗聞其才華，召為太常博士，後來改任左補闕，兼制誥，升官至中書舍人，歷任禮部侍郎，三知貢舉。唐憲宗元和年初，歷任兵部、吏部侍郎，坐郎吏誤用官闕，改任太子賓客。不久之後恢復前官職，又改任太常卿，官拜禮部尚書，同平章事，會李吉甫再秉政。皇帝又自用李絳，議論的觀點與眾不同，德輿從容不敢有所輕重，因而罷官，以擔任檢校吏部尚書，留守在東都，後來又拜太常卿，遷徙為刑部尚書，出任山南西道節度使一職。二年時，因為生病乞求回來，最後死在路途，年六十歲，追贈左僕射，謚曰文。德輿積思於經術，學問無不貫綜，其文章雅正典麗，言行舉止自然沒有矯飾，風流瀟灑，自然可慕，為貞元、元和年間士紳所嚮往效法的對象。文集五十卷，今編詩十卷。（據《全唐詩》作者小傳）

深入思考

一、權德輿此首「數名詩」，主要傳達的是意涵為何？

二、「數名詩」具有什麼樣的修辭效果？

三、請舉出日常生活中有趣的數字串連而成的文字，如歌謠、俗語、諺語？

推薦閱讀

清・紀昀〈吟雪〉：

一片兩片三四片，五片六片七八片。

九片十片片片飛，飛入蘆花皆不見。

知識補帖

明·吳承恩〈數名詩〉：

十里長亭無客走，九重天上現星辰。八河船隻皆收港，七千州縣盡關門。六宮五府回官宰，四海三江罷釣綸，兩座樓頭鐘鼓響，一輪明月滿乾坤。

本詩選自：《西遊記》第三十六回，寫唐僧師徒初到一地時所見的景色。

03　變裝大賽──趣味的「仿擬詩」

　　語言文字是活的，與日常生活息息相關，人們求新求變，在舊有的字詞上仿擬寫出新的詞句，例如在報章媒體雜誌或電視廣告中，我們常常可以看到「金玉涼言」、「一家之煮」、「肥魔一笑百媚生」、「家有閒妻」等引人注目的詞語，無疑就是要吸引大家目光，用時下最流行的字眼就是「吸睛」（吸引大家注目的眼睛）成為焦點，這些詞語是根據已有的「金玉良言」、「一家之主」、「回眸一笑百媚生」、「家有賢妻」等詞語，創造出來的，相當詼諧有趣，只有改動一兩個字，卻創造完全不一樣的語意，這便是應用了仿擬的修辭法。

　　唐詩，因為受到人們的喜愛，也流傳了千餘年，歷代經歷多少人的閱讀，因詩而興發感動，或者其他的聯想及幻想，加上不同情境下，所產生新的聯想，於是也產生了許多好玩有趣的仿擬之作，如大家最熟知孟浩然的〈春曉〉：

春眠不覺曉，處處聞啼鳥。夜來風雨聲，花落知多少。

不知經誰加以改寫，成了小朋友喜歡朗誦的〈打蚊詩〉：

春眠不覺曉，處處蚊子咬。夜來巴掌聲，蚊子死多少？

也因為大家熟悉，因此感到仿得很有情趣，令人莞爾一笑。再如李白相當有名的詩〈靜夜思〉一詩：

床前明月光，疑是地上霜。舉頭望明月，低頭思故鄉。

因為太有名，大家太熟悉，不知經歷過多少人的朗誦，被仿擬成：

床前明月光，疑是地上霜。舉頭望明月，低頭吃便當。

再如台灣近來股市受金融大海嘯影響，一路慘跌，融資斷頭的人好多，網路上出現這樣的詩：

松下問童子，言師追繳去。只在股市中，跌深不知處。
融資依山盡，斷頭入海流。欲增維持率，再賣一層樓。

以上仿擬詩，前四句是仿賈島的〈尋隱者不遇〉：「松下問童子，言師採藥去。只在此山中，雲深不知處」。後四句是仿王之渙的〈登鸛鵲樓〉：「白日依山盡，黃河入海流。欲窮千里目，更上一層樓。」因為這兩首唐詩非常有名，所以成了仿擬的最佳對象，配合台灣經濟的實況，做了最佳的寫照。

詩人小傳

　　孟浩然，字浩然，襄陽人。少年隱居在鹿門山，年四十歲時，才遊京師，曾經在太學賦詩，與張九齡、王維成為忘形之交。王維私邀入內署，遇到唐明皇，浩然躲匿在床下，王維以實對，皇帝高興說：「我聽聞其人而未曾見面。」，請孟浩然出來，誦讀他所作的詩，到了「不才明主棄」。唐明皇說：「你不曾求官職，我也未曾遺棄你，為何要誣陷我？」因而被放還。採訪使韓朝宗約孟浩然一同到京師，想要推薦給諸朝，孟浩然與好友飲酒歡樂，沒有參加，朝宗生氣，辭謝而走，浩然也不後悔。張九齡鎮荊州，一同從事。開元年末，孟浩然生病疽發背而死。孟浩然的詩歌，趁興而作，造意極苦，篇章完成，洗削凡近，超然獨妙。雖然氣象清遠，而采秀內映，藻思所不及。當唐明皇時，章句之風格特色大多是建安體，評論者推李白杜甫為最佳，介於其間能不愧者，孟浩然也。集三卷，今編詩二卷。（據《全唐詩》作者小傳）

　　李白，見第一篇01詩人小傳。

　　賈島，字浪（一作閬仙），范陽人。是一名佛教徒，名無本，來到東都時，洛陽城的命令是禁止僧人午後不得出，賈島寫作詩歌自傷，韓愈愛憐他，教他寫作文章，於是離開了佛教信仰。參加科舉考試，寫作詩歌思想受侷限，常常陷入苦思苦吟，雖然遇到公卿貴人，也沒有察覺。累次參加科舉考試都不中。唐文宗時，無辜被毀謗而坐罪，被貶官為長江主簿。會昌年間，以普州司倉參軍遷升為司戶，但是還來不及接受命令就死了。有《長江集》十卷，小集三卷。今編詩四卷。（據《全唐詩》作者小傳）

　　王之渙，并州人。他的哥哥之咸、之賁在當時都有文名。天寶年間，與王昌齡、崔國輔、鄭昕聯唱迭和，名聲驚動當時。詩六首。（據《全唐詩》作者小傳）

深入思考

一、何謂「仿擬」，運用何種技巧，具有什麼效果？

二、仿擬與抄襲有何不同？在強調創意的今日社會，仿擬是否有其存在的意義？

三、請從日常生活中的習慣用語，仿擬一些作品，讓它產生不同的效果，請你動動腦試試看？

推薦閱讀

如崔顥的名詩〈黃鶴樓〉：

昔人已乘黃鶴去，此地空餘黃鶴樓，黃鶴一去不復返，白雲千載空悠悠。

晴川歷歷漢陽樹，芳草淒淒鸚鵡洲，日暮鄉關何處是，煙波江上使人愁。[17]

魯迅從本詩戲擬而成〈弔大學生〉：

闊人已騎文化去，此地空餘文化城，文化一去不復返，古城千載冷清清。

專車隊隊前門站，晦氣重重大學生，日薄榆關何處抗，煙花場上沒人驚。[18]

魯迅此詩諷刺當時大學生已經沒有文化素養，冷清清的古城少了文化氣息，卻多了晦氣重重的大學生，煙花巷陌，流連忘返，也沒有人好懼怕，哀悼大學生素養之低落，極盡諷刺之能事。今日台灣社會大學林立，大學聯考只要八分就可以上榜，學校充斥市場，滿街都是大學生，大學生的品質及素養也令人越來越擔憂，看來這首〈弔大學生〉嘲諷詩，也適用於今日台灣社會的現況。

---

17. 清聖祖御定，《全唐詩》，（北京：中華書局出版，1996年1月）4冊130卷，頁1329。

18. 蓋國梁編選，田松青等注評《趣味詩三百首》，（上海：上海古籍出版社，2002年6月）頁234。

知識補帖

李白〈黃鶴樓送孟浩然之廣陵〉：

故人西辭黃鶴樓，煙花三月下揚州。
孤帆遠影碧空盡，惟見長江天際流。

白居易〈盧侍禦與崔評事為予於黃鶴樓置宴宴罷同望〉：

江邊黃鶴古時樓，勞致華筵待我遊。
楚思淼茫雲水冷，商聲清脆管弦秋。
白花浪濺頭陀寺，紅葉林籠鸚鵡洲。
總是平生未行處，醉來堪賞醒堪愁。

04　詼諧趣味的「戲擬詩」

　　「戲擬詩」就是有意模擬、套襲前人的詩篇。這通常有兩種的情況：一是套用全篇，一是借用其中一句。戲擬詩往往帶有嘲諷意味、充滿詼諧趣味，與剽竊、抄襲之作不同，與隱括詩也不相同。

　　古人的名詩，傳頌千古，但是隨著時間、空間的不同，在讀者的閱讀之餘，往往產生許多新的聯想，或是對所遇到的情況、時事有不同的感受，於是有了另類的思考或是奇思構想，重新舞文弄墨，寫下新的戲擬詩來嘲諷一番。而唐詩歷來受到眾人注目，所以被作為戲擬詩改寫的對象，也是最多的。例如以下幾首戲擬詩，完全顛覆原詩的意義，充滿了趣味與諷刺。

　　如朱慶餘的〈近試上張籍水部〉（一作〈閨意獻張水部〉）：

　　洞房昨夜停紅燭，待曉堂前拜舅姑。妝罷低聲問夫婿，畫眉深淺入時無。[19]

　　朱慶餘的這首名詩，本意原是拜謁之作，託女子口吻，娓娓道出自己的作品是否受到長官的喜愛？若從詩面上所描寫的女子，是位新婚的新娘，是十分溫柔賢慧，知書達禮，輕聲細語的問夫婿，我的妝扮畫眉是否合乎時尚？漂亮嗎？趕得上流行的趨勢？到了清朝的徐枕業，作了這樣的戲擬詩：

　　〈詠悍婦〉：

　　洞房昨夜翻紅燭，待曉堂前罵舅姑。妝罷高聲問夫婿，須眉豪氣幾時無？[20]

19.清聖祖御定，《全唐詩》，（北京：中華書局出版，1996年1月）15冊515卷，頁5892。

20.蓋國梁編選，田松青等注評《趣味詩三百首》，（上海：上海古籍出版社，2002年6月）頁297。

　　這首詩中的新娘子，卻是完全不同的形象，十分蠻橫凶悍、潑辣傲慢，「停紅燭」被改成「翻紅燭」，折騰一個晚上的新娘，一起床又是謾罵公婆，又是訓斥老公，發威起來河東獅吼般的豪氣，真不敢叫人領教，誰家要是娶了這樣的媳婦，不僅倒了八輩子的楣，往後可能永無寧日了。

　　再如崔護有名的〈題都城南莊〉這首詩：「去年今日此門中，人面桃花相映紅。人面不知何處去，桃花依舊笑春風。」[21]因為有個淒美動人的故事，所以流傳不朽，感動著世世代代的人們。到了清朝無名氏的〈朝糟團〉一詩：

　　去年今日此門中，鐵面糟團兩不同。鐵面不知何處去，糟團日日醉春風。[22]

據《古今滑稽詩話》載：

　　清順治庚寅辛卯間，秦世禎巡撫江南，多所除剝，有「鐵面」之稱。繼之者李成紀，安靜無為，日飲醇酒而已，人目之曰「糟團」。或改崔護〈人面桃花〉句，黏於墙。[23]

　　此詩採自《古今滑稽詩話》，傳為清朝江南人士所作。從此載可知這首戲擬詩的典故，當官的哪一個好？哪一個差？老百姓的心裡自有桿秤來衡量。此詩讚揚了鐵面無私、廉潔勤政、為民作主的清官；諷刺日日爛醉如泥的酒囊飯袋、混跡官場、欺壓百姓的昏官。諷刺意味十足，為官者應該引以為戒。

　　這些戲擬詩，有意套襲前人的詩篇，模擬前人的成句，融合了新的感受或時事，為原本詩句翻添上新的詩句，顛覆了原詩歌的思維，令人一新耳目，讀之莞爾，含有嘲諷和詼諧的意味。

---

21. 清聖祖御定，《全唐詩》，（北京：中華書局出版，1996年1月）11冊368卷，頁4148。
22. 蓋國梁編選，田松青等注評《趣味詩三百首》，（上海：上海古籍出版社，2002年6月）頁294。
23. 蓋國梁編選，田松青等注評《趣味詩三百首》，（上海：上海古籍出版社，2002年6月）頁294。

詩人小傳

朱慶餘，見第一篇03詩人小傳。

崔護，見第三篇01詩人小傳。

深入思考

一、戲擬詩具有什麼樣的趣味效果？

二、選一首耳熟能詳的唐詩，發揮你的想像力與創造力，也來戲擬一下？

三、〈朝糟團〉一詩中「鐵面糟團兩不同」形成強烈對比，今日在官場上是否
　　也有這樣的人物？試就己見寫出感受？

推薦閱讀

韋應物〈滁州西澗〉：

獨憐幽草澗邊生，上有黃鸝深樹鳴。春潮帶雨晚來急，野渡無人舟自橫。[24]

清・無名氏〈薄粥詩〉：

薄粥稀稀碗底沉，鼻風吹動浪千層。有時一粒浮湯面，野渡無人舟自橫。[25]

24. 清聖祖御定，《全唐詩》，（北京：中華書局出版，1996年1月）6冊193卷，頁1995。

25. 蓋國梁編選，田松青等注評《趣味詩三百首》，（上海：上海古籍出版社，2002年6月）頁
　　296。

原文語意

　　清順治庚寅辛卯年間，秦世禎巡撫視察江南，認真嚴格，多所除剔不良的官吏，有「鐵面」之稱號。後來繼承的人李成紀，安靜而沒有任何作為，只有每天喝醇酒而已，人們稱他為「糟團」。或有人修改了崔護的〈人面桃花〉詩句，黏貼在牆壁上。

知識補帖

河東獅吼

蘇東坡〈寄吳德仁兼陳季常〉詩：

東坡先生無一錢，十年家火燒丹鉛。
黃金可成河可塞，只有雙鬢無由玄。
龍丘居士亦可憐，談空說有夜不眠。
忽聞河東獅子吼，拄杖落手心茫然。

請參考：百度百科http://baike.baidu.com/view/49807.htm

05　唐詩疊疊樂──「疊字詩」

　　「疊字」是指把兩個或兩個以上的字形和字義相同的字重疊在一起使用的一種修辭手法。「疊字」又叫「字的連接複疊」，指的是同一個字詞的重疊出現。

　　運用「疊字」的修辭手法，其來久遠。中國最早一部的詩歌總集《詩經》裡就有許多的例子。如：「關關雎鳩，在河之洲。」（關雎）；「桃之夭夭，灼灼其華」（桃夭）；「其雨其雨，杲杲出日」（伯兮）；「風雨淒淒，雞鳴喈喈」「風雨蕭蕭，雞鳴膠膠」（風雨）「昔我往矣，楊柳依依。今我來思，雨雪霏霏。」（風雨）；「青青子衿，悠悠我心」（子衿），詩中的「關關、夭夭、灼灼、杲杲、淒淒、喈喈、蕭蕭、膠膠、依依、霏霏」都是使用疊字修辭法。

　　由疊字所形成的成語也是相當眾多，如以下常用的成語：

　　井井有條、亭亭玉立、人人自危、人心惶惶、依依不捨、來勢洶洶、原原本本、卿卿我我、吞吞吐吐、咄咄逼人、呱呱墜地、啾啾不休、嗷嗷待哺、唯唯諾諾、大名鼎鼎、多多益善、威風凜凜、婆婆媽媽、孜孜矻矻、孳孳不息、小心翼翼、小時了了、前途茫茫、憂心忡忡、岌岌可危、庸庸碌碌、循循善誘、心心相印。

　　這些由疊字所形成的成語，已經融入在我們日常生活中，讀來不僅有韻味，也加強了語詞使用形容效果。

　　而宋・李清照的〈聲聲慢〉中是疊字使用的極致，已經成為經典的代表作，一開頭便用了十四個疊字，即是「尋尋覓覓，冷冷清清，悽悽慘慘戚戚。乍暖還寒時候，最難將息。三盃兩盞淡酒，怎敵他、晚來風急。雁過也，正傷心，卻是舊時相識。滿地黃花堆積。憔悴損，如今有誰堪摘。守著窗兒，獨自怎生得黑。梧桐更兼

細雨，到黃昏、點點滴滴。這次第，怎一個、愁字了得。」使用疊字使細雨的形象和聲音具體化。

「尋尋、覓覓，冷冷、清清，悽悽、慘慘、戚戚⋯⋯」宋詞人李清照在〈聲聲慢〉的首三句中，以連續十四個疊字的寫法，抒發因國破家亡而引致的悲愴痛苦、孤獨寂寞和憂鬱的心情，最為人們津津樂道，也為疊字的使用，創下一個良好的典範。

由疊字組成的詞組種類頗多，變化亦很大；例如「人」（名詞）和「人人」（量詞）的意思便有很大分別，「慢」（形容詞）和「慢慢地」（副詞）的意思更有程度上的分野。又如常見用於加強主體詞狀態的疊字，例如：「烏溜溜」、「淚汪汪」、「含情脈脈」等均能給予主體詞深刻的描繪。

唐人的詩歌裡也運用了疊字的修辭技巧，增加了詩歌的韻味及效果，如寒山的〈詩三百三首〉：

獨坐常忽忽，情懷何悠悠。山腰雲漫漫，谷口風颼颼。
猿來樹嫋嫋，鳥入林啾啾。時催鬢颯颯，歲盡老惆惆。[26]

詩中的忽忽、悠悠、漫漫、颼颼、嫋嫋、啾啾、颯颯、惆惆，都是疊字，寒山的此詩，在每一句當中都有運用到疊字，雖多而巧妙，強化了形容的效果。再如王建的〈宛轉詞〉（一作〈古謠〉）：

宛宛轉轉勝上紗，紅紅綠綠苑中花。紛紛泊泊夜飛鴉，寂寂寞寞離人家。[27]

王建此詩中每句皆用四個字的疊字，以宛宛轉轉、紅紅綠綠、紛紛泊泊、寂寂寞寞連續疊字描寫四個景象，卻也形象生動自然，

語言中有許多擬聲詞，以字詞重疊形式模擬聲音，使文字深具音響效果。[28]字

26.清聖祖御定，《全唐詩》，（北京：中華書局出版，1996年1月）23冊806卷，頁9081。
27.清聖祖御定，《全唐詩》，（北京：中華書局出版，1996年1月）9冊298卷，頁3381。
28.謝雲飛著，《文學與音律》，（台北：東大圖書公司，1974年）。

詞重疊不僅在口說語經常出現，在文學語言中有規則地重複相同音節的字詞，便形成一種節奏，特別能使詩歌在吟誦時，展現音律節奏性的美感。上述如《詩經》善用重疊技法，抓住感官想像，緊扣讀者心絃。又如白居易〈琵琶行並序〉靈活掌握擬聲疊字的技巧，讓不容易描寫的聲音活現在眼前、生動精彩。《文心雕龍‧物色》提及《詩經》中的疊詞運用，其言如下：

> 詩人感物，聯類不窮。流連萬象之際，沉吟視聽之區；寫氣圖貌，既隨物以宛轉；屬采附聲，亦與心徘徊。故灼灼狀桃花之鮮，依依盡楊柳之貌，杲杲為日出之容，瀌瀌擬雨雪之狀，喈喈逐黃鳥之聲，喓喓學草蟲之韻。[29]

上述文字中提及除了擬聲疊詞外，尚有描寫狀態的疊詞，詩作即藉著疊詞擬聲、描態、狀物等增添文字的藝術效果。

字詞重疊的語言形式不僅形成音韻反覆出現的效果，語意方面也會有動作或情境重複出現，或程度加強的涵意。如以字詞重疊來表達濃烈的喜、怒、哀、樂等情感，如白居易的〈續古詩十首之八〉詩中「鬱鬱不得舒」；或是反複的呼喚與悲嘆，如《詩經豳風‧鴟鴞》「鴟鴞鴟鴞！既取我子，無毀我室。」；或是為樂曲旋律需要而有連續疊句或是隔句疊句的運用，如白居易的〈新樂府法曲〉一詩中：

> 法曲法曲歌大定，積德重熙有餘慶。永徽之人舞而詠，法曲法曲舞霓裳。政和世理音洋洋，開元之人樂且康。法曲法曲歌堂堂，堂堂之慶垂無疆。

藉由「法曲」疊詞分為三個段落，有排比句型出現，為永徽之人舞而詠，開元之人樂而康，其中又夾有疊字「洋洋」，展現政治清明時音樂也和樂洋洋；後二句，以「堂堂」疊詞相連運用，並以頂真手法連接二句，增添音韻效果，手法十分巧妙。

由以上出現的疊字，可知語言風格是詩歌表現一項重要的方向，在句法上，運

29.劉勰著，《文心雕龍》，王更生譯注，1986年。

用疊字出現的位置和其他字詞之相關巧妙的安排設計，也是極為有趣的現象。由於疊字所兼具的特性，以致許多詩詞語言風格的研究，都會發現詩人們在疊字（詞）運用上的巧思和創意。

詩人小傳

寒山，寒山子，不知何許人，居住在天台唐興縣寒巖，時常往還國清寺，以樺樹皮當帽子，穿布裘破鞋子，有時在長廊上唱詠，有時在村莊裡歌嘯，人們都不認識他。閭丘後來至丹丘為官，臨行的時候，遇見豐干師，說他從天台來，閭丘問說那個地方有何賢能的人可以拜見為師，豐干師說：「寒山非常特殊、拾得猶如普賢菩薩，他們在國清寺庫院廚房當中生火。」閭丘到官三日，便親自前往寺中，見到他們二人，便禮拜，二人大笑曰：「豐干饒舌，饒舌，阿彌不識，禮我為何？」即走出寺廟，回到寒巖處，寒山子入穴而去，其洞穴卻自動閉合，曾經於竹木石壁書詩，並且在村莊屋壁上所寫文句三百餘首，今編詩一卷。（據《全唐詩》作者小傳）

王建，字仲初，潁川人，大曆十年進士。剛開始擔任渭南尉，歷任祕書丞、侍御史。太和年中，出任陝州擔任司馬一職，從軍塞上，後來回到咸陽，占卜居住在原上。王建精專樂府詩歌，與張籍齊名，被稱為「張、王樂府」，有宮詞百首，尤傳誦人口。詩集十卷，今編為六卷。（據《全唐詩》作者小傳）

深入思考

一、詩歌運用「疊字」修辭法，具有什麼效果？

二、請舉出日常生活中常用的疊字十個？

推薦閱讀

白居易新樂府〈法曲〉（一本此下有歌字）美列聖，正華聲也。

法曲法曲歌大定[30]，積德重熙有餘慶，永徽之人舞而詠。法曲法曲舞霓裳[31]，

---

30. 永徽之時，有貞觀遺風，故高宗制一戎大定樂曲。
31. 霓裳羽衣曲起於開元，盛於天寶也。

政和世理音洋洋，開元之人樂且康。法曲法曲歌堂堂，堂堂之慶垂無疆。
中宗肅宗復鴻業，唐祚中興萬萬葉。[32]法曲法曲合夷歌，夷聲邪亂華聲和。
以亂干和天寶末，明年胡塵犯宮闕，[33]乃知法曲本華風。苟能審音與政通，
一從胡曲相參錯。不辨興衰與哀樂，願求牙曠正華音，不令夷夏相交侵。[34]

白居易〈琵琶行〉并序：

元和十年，予左遷九江郡司馬。明年秋，送客湓浦口，聞船中夜彈琵琶者。聽其音，錚錚然有京都聲。問其人，本長安倡女，嘗學琵琶於穆、曹二善才。年長色衰，委身為賈人婦。遂命酒，使快彈數曲。曲罷，憫默。自敘少小時歡樂事，今漂淪憔悴，轉徙於江湖間。予出官二年，恬然自安，感斯人言，是夕始覺有遷謫意。因為長句歌以贈之，凡六百一十二言，命曰琵琶行。

潯陽江頭夜送客，楓葉荻花秋瑟瑟。主人下馬客在船，舉酒欲飲無管弦。
醉不成歡慘將別，別時茫茫江浸月。忽聞水上琵琶聲，主人忘歸客不發。
尋聲暗問彈者誰，琵琶聲停欲語遲。移船相近邀相見，添酒迴燈重開宴。
千呼萬喚始出來，猶抱琵琶半遮面。轉軸撥弦三兩聲，未成曲調先有情。
弦弦掩抑聲聲思，似訴平生不得志。低眉信手續續彈，說盡心中無限事。
輕攏慢撚抹復挑，初為霓裳後綠腰。大弦嘈嘈如急雨，小弦切切如私語。
嘈嘈切切錯雜彈，大珠小珠落玉盤。間關鶯語花底滑，幽咽泉流水下灘。
水泉冷澀弦凝絕，凝絕不通聲暫歇。別有幽愁暗恨生，此時無聲勝有聲。
銀瓶乍破水漿迸，鐵騎突出刀槍鳴。曲終收撥當心畫，四弦一聲如裂帛。
東舟西舫悄無言，唯見江心秋月白。沈吟放撥插弦中，整頓衣裳起斂容。

32. 永隆元年，太常李嗣貞善審音律，能知興衰。云，近者樂府有堂堂之曲，再言者，唐祚再興之兆。
33. 法曲雖似失雅音，蓋諸夏之聲也，故歷朝行焉。明皇雖雅好度曲，然未嘗使蕃漢雜奏。天寶十三載，始詔諸道調法曲，與胡部新聲合作，識者深異之。明年冬，安祿山反。
34. 清聖祖御定，《全唐詩》，（北京：中華書局出版，1996年1月）13冊426卷，頁4690。

自言本是京城女，家在蝦蟆陵下住。十三學得琵琶成，名屬教坊第一部。
曲罷曾教善才伏，妝成每被秋娘妒。五陵年少爭纏頭，一曲紅綃不知數。
鈿頭雲篦擊節碎，血色羅裙翻酒汙。今年歡笑復明年，秋月春風等閒度。
弟走從軍阿姨死，暮去朝來顏色故。門前冷落車馬稀，老大嫁作商人婦。
商人重利輕別離，前月浮梁買茶去。去來江口守空船，繞船月明江水寒。
夜深忽夢少年事，夢啼妝淚紅闌干。我聞琵琶已歎息，又聞此語重唧唧。
同是天涯淪落人，相逢何必曾相識。我從去年辭帝京，謫居臥病潯陽城。
潯陽地僻無音樂，終歲不聞絲竹聲。住近湓江地低溼，黃蘆苦竹繞宅生。
其間旦暮聞何物，杜鵑啼血猿哀鳴。春江花朝秋月夜，往往取酒還獨傾。
豈無山歌與村笛，嘔啞嘲哳難為聽。今夜聞君琵琶語，如聽仙樂耳暫明。
莫辭更坐彈一曲，為君翻作琵琶行。感我此言良久立，卻坐促弦弦轉急。
淒淒不似向前聲，滿座重聞皆掩泣。座中泣下誰最多，江州司馬青衫溼。**35**

原文語意

　　詩人感受外在事物，聯想類比層出不窮。流連觀察萬象的變化，沉吟視聽萬事
的區別；寫出事物的氣勢並描繪出他們的面貌風情，既隨事物的變化加以宛轉陳
述；屬於事物的文采附和上聲韻，亦與內心的感受徘徊交流。所以以灼灼描寫桃花
鮮豔的情狀，以依依寫盡楊柳的風貌，以杲杲來描寫日出的狀態，以瀌瀌摹擬雨雪
的狀況，以喈喈描寫黃鳥的聲音，以喓喓效法草蟲的韻味。

知識補帖

　　疊字相關的成語：

　　意氣揚揚、戰戰兢兢、扭扭捏捏、欣欣向榮、比比皆是、津津有味、津津樂

35.清聖祖御定，《全唐詩》，（北京：中華書局出版，1996年1月）13冊435卷，頁4821～
4822。

道、虎視眈眈、馬馬虎虎、野心勃勃、細雨霏霏、困難重重、千里迢迢、逃之夭夭、議論紛紛、芸芸眾生、斑斑可考、形形色色、彬彬有禮、子子孫孫、文質彬彬、渾渾噩噩、濟濟一堂、生氣勃勃、蠢蠢欲動、裡裡外外、行色匆匆、諄諄告戒、人才濟濟、洋洋大觀、楚楚動人、栩栩如生。

國家圖書館出版品預行編目資料

唐詩趣談／陳正平著. －－二版. －－臺北
市：五南, 2016.09
　面；　公分.
ISBN 978-957-11-8646-7（平裝）

831.1　　　　　　　　　　105009627

8R71　唐詩趣談

作　　者 — 陳正平（249.6）

總 編 輯 — 王翠華

副 總 編 — 蘇美嬌

責任編輯 — 蔡明慧　龍品涵

封面設計 — 陳翰陞

發 行 人 — 楊榮川

出 版 者 — 五南圖書出版股份有限公司

地　　址：106台北市大安區和平東路二段339號4樓

電　　話：(02)2705-5066　　傳　　真：(02)2706-6100

網　　址：http://www.wunan.com.tw

電子郵件：wunan@wunan.com.tw

劃撥帳號：01068953

戶　　名：五南圖書出版股份有限公司

法律顧問　林勝安律師事務所　林勝安律師

出版日期　2012年3月初版一刷
　　　　　2016年9月二版一刷

定　　價　新臺幣250元

台灣書房

台灣書房